珍稀之物

《深圳文典》

倾心辑录大浪淘沙始见金的珠贝美文

展示彰显深圳城市精神和品格的大我之作

筹谋时代精神和明日华章的深圳表达

深圳文典

珍稀之物

陈再见 / 著

丛书主编 / 陈寅

深圳报业集团出版社

总序

历史是最好的教科书，也是最佳的营养剂。

1979年7月8日，蛇口半岛开山炮响。一时间，深圳上空电闪雷鸣，密集地从天边杂沓而至。南海潮急，伶仃洋惊涛拍岸……仿佛它们要为这片沧桑且沉默的土地，强注生命活力和奔腾乐章。

“时间就是金钱，效率就是生命。”一种前所未有的标语，在数千年板结的土地炸响。观念革新不约而同成为此间人们最重要的精神呼唤与灵魂内核。

“二千里往回似梦，四十年今昔如浮。”[1]为了探索和开辟前无古人的经济特区，丰富自己的物质和精神生活，各个时期的深圳人都作过许多贡献，留下了不可磨灭的印记。多年以后，当我们目睹以万亿为计量单位的经济生成，一个边陲小镇嬗变为对标纽约、东京、巴黎、伦敦的

1.“二千里往回似梦，四十年今昔如浮”出自宋代诗人范成大《送举老归庐山》，感慨时光流逝。

中国一线都市，我们，究竟能感悟到怎样的城市能量与文化实践?

荡漾于南中国海的深圳湾，恣肆汪洋接纳了东西南北风，因为它们，最有欢欣雀跃的心灵。从特区建立伊始，四面八方的移民为这座年轻的城市带来了丰富的、充满活力的文化因子，各种文化观念在这里交互激荡。深圳经济特区所沉淀的物质和精神财富，正是每一程歇息中、每一眼回眸里、每一步征途上的巨量矿藏。

2021年，时逢中国共产党百年华诞，深圳报业集团出版社秉承主流出版机构的担当，呼应新时代的要求，踵事增华、盛意拳拳，推出“深圳文典”丛书。一曰顾盼历史，倾心辑录大浪淘沙始见金的珠贝美文；再曰铺叙当下，展示彰显深圳城市精神和品格的大我之作；三曰式瞻未来，筹谋时代精神和明日华章的深圳表达。

顾盼历史，初心如磐。深圳本土文化人和第一代移民是深圳精神的拓荒者。穷心南方以南，倾力扎根深圳，他们用精彩文字记录了经济特区艰难而雄放的创业初程。打工体验、移民历程、青春奋斗、城市生活、网络联结……凡此种种，无不缘起于比虚构更精彩的城市故事，并于多样中存在，在流动中发展，从融合中前进。蓦然回首，这片深情的土地仍然激荡着后辈心扉的筚路蓝缕之跫音。

铺叙当下，弹指芳华。编撰“深圳文典”的我们认为，人的认知是一个互相联系又互相影响的总体。知识的掌握与认知的扩充、深化，会带来社会与文明的进步。“深圳文典”将是文艺的、人文的、社科的典籍荟萃。藉此大数据时代，这套文典也将提供值得借鉴的宏观叙事方式，避免信息碎片化，重视思想与实践的关系，构建有关深圳叙事的发见和创新话语。在新世纪里，精神求索者都有一个梦想，让思想本身充满创造力、创新力。

式瞻未来，文脉不绝。根本在于一代代深圳人以典籍为媒，薪火相传；以迭代赓续的波澜壮阔的大特区为坐标，纲举目张，分则独树一帜，集则琳琅满目。与中国改革开放同频共振的深圳写作者致力于弘扬“敢为天下先”的社会与文学观念，张扬“该做就去做”的新的人文精神。

“蓬莱文章建安骨，中间小谢又清发。”[2]“深圳文典”，萌之于特区热土，立之于湾区潮头，为深圳这座年轻城市打上了无限文化魅力和巨大文化能量的烙印。深圳的文化担当意识与文化创新实践，不啻是一城一地的文化探索，更是文化强省、文化强国的深圳实践。

总有一些文字记录并抒写着时代奋进的人们，以及每个个体的理智与情感温度。深邃、灵动、悲欣、凉热……藉此打开的不仅是我们的触

2.“蓬莱文章建安骨，中间小谢又清发”出自唐代诗人李白《宣州谢朓楼饯别校书叔云》，表达了豪放与自然和谐统一的境界。

感，还有我们的灵魂之窗。优秀的典籍，既是文明时代的共享记忆，也是我们与历史的精神烛照。

我们对以“深圳文典”为名记录这个既拥抱当下、又承载希望的时代怀着深深的敬意与礼赞。不管多少年以后，当我们安居此城一隅，每当我们翻阅“深圳文典”，谈论或者温习一代又一代深圳人闯与创的心路旅程，这些被时光镌刻的篇章，或许能脉动着超越城市天际线的眼界，并引人回味。

陈寅

2021年8月26日

目录
CONTENTS

风台赶鱼人

珍稀之物

旁观害羞者

风台赶鱼人

1

戴清弢三十岁那年，曾在心里暗想，三十五岁得结婚，四十岁之前生孩子，那样一来，孩子十八岁时，他最多也就五十八岁，还没退休，如果再往后拖，结婚啊，包括生孩子，就没多少意义了。要是万一，四十岁之前还不能找到合适的女人，那就算了，一辈子不结婚了，孩子也不生了，像身边那些反生育主义的年轻人，极端地认为如果谋杀是将他人的生命缩短，那么生孩子无疑就是故意制造出一桩本来就没必要的死亡，他们认为，不再生育才能阻止人类继续向死亡献祭。戴清弢不知道是从哪儿看来的观点，在微信群里，或者微信朋友圈转发的文章？

那是当年的想法，如今他已经三十七了，一九八二年出生的，属狗。想想都觉得恐怖，从二十几岁开始，他就误以为时光在他身上是静止的，直到突破三十岁的大门，他还觉得自己是二十来岁的小伙子，别人偶尔问起年龄，他一时之间也答不上来，不是故意，是真不记得自己几岁了，只知道属狗，“属狗的，几岁啊，二十多吧”。以前二十八九，说是二十多，没人会较劲，一旦过了三十，哪怕是一个月，一天，一个小时，听的人都会较真，像是忍你好久了，瞧这副恬不知耻的嘴脸，仗着“天生丽质”不显老，就可以骄傲到不尊重时光无情的流逝了？“你都三十了，大叔”，就差加上一句“醒醒吧”。戴清弢一笑置之，没觉得多难堪，或者突然醒悟过来，他的情绪仍旧浸泡在福尔马林药水里，坚信“80后”还是年轻的代名词，死性不改。

现在好啦，再过三年就四十了，别说结婚，连个暧昧的对象都没有。四十岁是什么概念？就是说，如果有一天突然死了，人家最多也是可怜你命短，不会说你是“夭折”或“年纪轻轻还有大把世界（潮汕话：丰富多彩的人生）没见过”之类的话。三年又是什么概念？一年就是眨一下眼，三年就眨三下啰，尤其是他们当老师的，灵魂工作者，一年的时间被硬生生分割成四瓣，还长短不一，过起来就要比常人更具节奏感，也更为分裂和焦灼。简单说，时光过得要比别人快一些，尽管是心理上的快，不是物理上的，但又有什么区别呢？老家俗话说“等水不开”，时间本来就不存在，是人类想象出来的度量。戴清弢是教语文的，他更愿意相信心里的感受。再说了，这俗话说的“等水不开”，下一句就是“等亩未大”。“亩”是什么？潮汕方言，就是老婆，旧时不是还有童养媳的习俗嘛，自然是一天天盼着老婆长大成人啊。戴清弢有时还真想回到过去，就像班里的学生经常说他的，老古董最适合生活在古代。

几乎从参加工作起，戴清弢的终身大事就被亲朋好友们惦记着，有介绍认识的，有安排相亲的，可热闹可用心了。他是遇到过不少现在想来还可以的姑娘，可惜当时不上心，或者说贪心，像误入桃花源的渔者，觉得好风景还在后头，错过了，回头看，好姑娘都已经结婚发福了，手里牵一个小孩，肚子里又怀了一个。要说后悔吧，也谈不上，家庭生活鸡飞狗跳的，即便是新婚的小两口，学校里的同事也见多了，头一天还在食堂里相互喂饭呢，第二天就互相不理睬了，走廊上遇见也不说话。这只是冷战，还有热战的，小三跑校园门口堵人，妻子带着亲属来喊打喊杀的……戴清弢在办公室正好面向校门的窗台上就见过那么几宗，不好插手，权当看热闹。

要说单身，其实也蛮好的，寂寞和焦虑是常伴左右，不过更多是自由和无所顾忌啊。平时大伙儿上班都差不多，上了讲台，无论状态如何，基本都得变了个人，亢奋不敢说，至少也要充满激情吧，否则几十个小家伙儿都能把人碾压成齑粉，教书教出心理疾病的不是没有，学校的心理治疗室既为学生开放，也常年为老师敞开门。戴清弢十多年老师当下来，早就练就了一身人格分裂的本领，只要一走出校门，他就像个饱满的气球被扎了洞，立马就蔫了。那种丧气的状态让他很享受，至少全身心松弛了，在他那两居室的小公寓里，他横摆竖放，想干啥就干啥，看电影、打游戏，肚子饿了，就自个儿下楼，上超市买点小菜，配一罐啤酒，烟也抽得肆无忌惮，把房间熏得跟火灾现场似的，懒得出去时，就拿起手机，在App里点个外卖，半个小时不到，有人咚咚咚敲门，他穿着裤衩去开门，犯不着保持人民教师的庄严形象，更不用担心会被“色狼”入室侵犯。那些结了婚的同事一个个苦大仇深的样子，可享受不了如此恣意粗犷的生活。

戴清弢租住的Warm公寓跟学校也就一路之隔，当然，中间还隔着一溜未竣工的小别墅，有十多年了吧，一直烂尾在那里，也不知道是什么原因，像是身体某处无法根治的顽疾。戴清弢站在自家狭小的阳台上，低头能见烂尾别墅的房顶，抬头能越过新湖路望见学校的操场，当然了，站在操场上也能望见公寓，阳台上几盆快枯死的花草和几条刚洗的裤衩，都能数得清楚。戴清弢犯不着跟人公开哪个阳台是他家，每次看见裤衩挂在远处阳台上迎风飘舞的样子，他就感觉像是怀揣着一个秘密，无人知晓。

春节刚过，新学期伊始，有新来的实习生找不到住的地方，食堂用餐时打听哪里有房子租，有人喊："那个……戴老师，你不是在附近的公寓住吗？怎么样，给新同事一点儿关怀嘛，介绍过去看看。"戴清弢假装埋头吃饭，饭堂换了新厨师，做的红烧肉又香又软，待他把一块肉嚼碎吞咽后，半天才抬头说："最好别去，管理太垃圾。"他想靠这么些小心思，似乎就能独享一座公寓了，实际也是为了自我隐藏，要是哪天同事搬过去了，一来二去串个门，一腔热情探讨教育事业啥的，那不比结了婚还拘谨？"垃圾你还住那么久。"同事们也不是笨蛋，个个是人精，知道戴清弢是故意的。"你们呀，还不知道戴老师啊，要是未婚女同事，他就不会这么说了。"食堂里顿时一阵哄笑。"那是，"戴清弢也咧着嘴笑着说道，"可惜学校没招到年轻未婚的女实习生……"幸好玩笑被一场电视里正播放的球赛打断了，公牛队对湖人队，科比进了个三分球，有老师嘴里的饭菜都差点儿喷出来了。挂在墙上的电视机几乎每天都被体育老师霸着体育频道，有时吃个饭搞得像在体育馆，就差摇旗呐喊了。

没什么事时，戴清弢也愿意下课后，去室内球场打会儿篮球，除了几个皮肤黝黑的体育老师，剩下的是几个科任老师，徒弟鹏仔、心理辅导员老苏、校刊编辑部的设计师小周偶尔也会参与其中。从体格和肤色就能看出区别，通常也是体育老师一组，科任老师一组，半场赛，激烈的时候也可以打到几十比几十，相互咬着，不分伯仲。不过戴清弢个子不高，一般也就配合人家进球，个把小时下来，基本就没什么意思了，得找个借口回家了，就当是活动下筋骨。

戴清弢抹着一头大汗，回到边上的座椅上，先是抽了根烟，校园当然是禁烟的，不过在下课后的球场，没领导见着，没学生在场，他们也就偷着抽。毛璐走进来时，戴清弢刚把烟灭了，正在收拾椅子上的衣服和手机。毛璐一脸春风得意的笑容，问："戴老师，就走啦？"戴清弢见毛璐一身休闲，不像是来打球的，她是舞蹈老师，除了教民族舞、国标舞，还教时尚的街舞，属学校开的第四课堂，大家报名踊跃。她还经常带队代表学校外出参赛，领回大大小小无数个奖杯奖牌，校史馆里的荣誉有一部分就是她赢回来的，年终晚会一般也少不了她的曼妙身影。戴清弢平时跟毛璐接触不多，年龄差在那儿摆着，舞者的身材又颀长，他在身高接近或超过自己的女孩面前都有一种压迫感，不自在。他们也就在球场的时候才见上面，毛璐不打篮球，却喜欢看男老师们打篮球，也算是一种特殊的癖好吧。

"戴老师晚上有事吗？"毛璐问。

有事吗？说有也有，说没有也没有。戴清弢不知道怎么回答，他一个单身汉能有什么事，回去无非也就是想着晚饭吃点什么好。

"要是没什么事，晚上一起啊，今天我生日。"毛璐继续笑着，看样子不是客套话，是特意过来邀请的。

"好呀。"戴清弢这时候也不好意思拒绝了。毛璐邀请的无非也就是球场上几个球友，还算聊得来，加上晚饭又有一个好去处，何乐而不为。

两人便在座椅上坐了下来，聊了一会儿闲话。戴清弢第一次这么近距离地看着毛璐，她修长的大腿搁在椅子上，膝盖竟比他高出半拃，戴清弢故意把双腿挪开一些，侧着身子面对毛璐，这小女孩（对于他而言，确实是小女孩，三十岁左右）五官长得还蛮清秀，平时看着大大咧咧的，一身松松垮垮的中性装扮，多数老师都把她当男孩子看待。兴许是生日的缘故，戴清弢看见她脸上还化了淡妆，涂了腮红和眉影，像第一次出门见客的女孩子，略微还有些害羞。

2

戴清弢回家洗了个澡，换了身干净的衣服，他以为毛璐会请大伙儿出去外面，订个包间什么的，就独自站在学校门口等他们。没过一会儿，毛璐的微信语音电话打来了，问他在哪儿呢，怎么还没到？戴清弢一阵失落，以为被放了鸽子，他说就在大门口等着呢。毛璐说："进来啊，我们在天台。"戴清弢抬头一看，果真见到教学楼天台上，毛璐正猫着腰向他晃着手里银亮的手机。

真没想到，他们还能这么玩。

八楼天台戴清弢当然也上去过，那里几乎是他们一帮手游迷的秘密场地，鹏仔还自掏腰包购置了茶几和藤椅，放置在爬满地锦藤蔓的水泥架下，出太阳或下雨，问题都不大，顶上的藤蔓越来越厚实，都快把整座教学楼包裹起来了。有段时间，鹏仔还想再花点钱，为天台焊上不锈钢栅栏，装个门上把锁什么的，那样天台就可以成为他们独自享用的空间了。对鹏仔来说，只要事情足够好玩，花上几千一万块钱的，根本不算个事儿，他一个手办上万块钱，眼睛不眨一下就能下单；大伙儿在一起时，抽的烟也基本是他提供的，从韩国邮寄过来的薄荷香烟，各种味道的都有，竟然还有咖啡味的，抽着怪怪的，为的也是上课时不让学生闻出烟味来。鹏仔的阔气除了跟性情有关，主要是因为他是深二代，他父亲二十世纪六十年代游水偷渡去香港，八十年代又以港商的名义回来投资建材生意，已经为他留下了足够少奋斗几十年的资产，其中包括三套上千万元的房产和几栋出租楼，他不当个败家子“葛优躺”在自家沙发上收租混日子，还能考上大学当个老师，算是很有出息了。栅栏和门锁最后当然没敢装，老苏出面反对，沉稳的他说那明摆着是违建，就别给青元中学惹麻烦了。

戴清弢爬上天台时，发现人基本到齐了，还都穿着球衣，他们不像戴清弢，回趟家比去个洗手间还近。这么看来，倒是戴清弢穿得最正式，像是特意赴宴的特殊嘉宾。他都有些不好意思了，走近时，戴清弢故意把齐整的袖口撸了起来，至少看起来不那么死板。鹏仔正在茶几上摆蛋糕、零食和啤酒，还点上了各种颜色的玻璃杯蜡烛，天色将暝，蜡烛的微光摇曳，气氛一下子就起来了。鹏仔抬头看见戴清弢，忙着招呼：“师父来了，快找个地方坐。”鹏仔刚来青元中学时，学校分派让戴清弢带，一个老教师带几个小年轻，俗称带徒弟，学校还一直保持这样的师承传统，所以鹏仔到哪儿都得尊称戴清弢为师父，也蛮敬重。

老苏正神色凝重坐在藤椅上抽烟，戴清弢刚好有事要问他，班里有个学生最近情绪有些问题，正让老苏密切关注着。不过在戴清弢看来，老苏作为学校唯一的心理辅导员，看起来病恹恹的，倒像是个心理疾病患者。设计师小周在水泥柱背面不知和谁聊着天，戴清弢探头一看，才知道那儿还藏有两位女生，一个是音乐老师唐瑜，另一个应该是小周的女朋友，以前见过一面，有点印象。有唐瑜在场，戴清弢多少有些尴尬，早在几年前，他们有过一段时间的交往，那时唐瑜刚调来，在同事们的撮合下，一起吃了饭，也看过几场电影，不过最后并没能确定恋爱关系，不是戴清弢不想，而是唐瑜觉得戴清弢可能不是她喜欢的那一款，刚开始秉着相互了解的目的交往，交往后才发现戴清弢挺闷的，除了看电影，就再也想不出什么别的浪漫了。戴清弢作为一名语文老师，对爱情只会纸上谈兵，说起来一套一套的，真正要做了，却比不上一个大学生，一学期能换几个女朋友呢。戴清弢也算自知，知道自己跟活泼的唐瑜不太合适，两人便渐行渐远，偶然在校园遇到，彼此点个头，他叫声唐老师，她叫声戴老师，再没一句多余的话。当然，问题也出在这里，要是有个正式恋爱和分手的过程，各自坦然接受，就没什么好尴尬的，毕竟都是成年人了，恰恰就是因为不明不白的，像是公寓楼下的烂尾工程，让他们在狭小的范围里重新相聚，就真不知道该说什么了。不过唐瑜还算开放，几年下来，早已不是青涩的“菜鸟”了，此时见了戴清弢，竟大大方方打了招呼，还特意为他拉过来一张椅子，让拘谨的他终于在茶几前坐了下来。

戴清弢顺势从茶几上拿了烟抽，还是韩国牌子，这次抽的是香橙味的。毛璐笑着走过来，叫老苏和小周下楼搬烧烤架，老苏回头看戴清弢，说：“让老戴去吧，迟到了，要罚。”毛璐说：“戴老师洗过澡了，可不能弄脏了衣服，回去还得再洗澡啊。”

毛璐在戴清弢跟前坐了下来，似乎还不易察觉地递了个眼色，天色迷蒙，除了几枚蜡烛摇曳的光，其余的光都来自隔壁街道的招牌灯，有点看不清对面人的神情，不过毛璐看起来比白天要好看多了，也妩媚多了。他突然醒悟，难道毛璐的特意邀请，还有别的目的不成，尤其是她把唐瑜也叫了过来，她们平时关系不错，在关系微妙的女教师群体里，算是一个阵线的，但也不是非得叫上不可，何况唐瑜还住在南山，传闻她男朋友是公务员，几乎每天都会来校门口接她。

直到这会儿，戴清弢才觉得自己像是个闯入者，在座的都比他年轻——

是的，以他的年纪，此刻他应该在家里陪小孩做作业，或者在厨房帮老婆洗碗刷锅，而不是来参加什么露天生日宴会。鹏仔咋咋呼呼的，已经为生日蛋糕点上了蜡烛，他积极的样子像极了生日的主人和他有什么特殊关系，当然不太可能，鹏仔就这性格，只要是好玩开心的事，他都尽兴，还是个小孩呢，虽然长了一米八五的个头，帅得跟电影明星似的。大家围着唱生日歌时，戴清弢站得有点开，嘴巴蠕动着，并没有唱出声，他看见毛璐闭着双眼，抱拳许愿，像个小女孩那样羞涩地微笑。戴清弢努力回想跟毛璐到底有过什么交集，确实想不太起来有什么值得记忆的往事，工作上，一个语文组，一个舞蹈班，根本产生不了交集，倒是有一次，她带的舞蹈班在市里得了个什么奖，校长想扩大影响，希望在报纸登下新闻，也就是边角那种小豆腐块儿，当然得花钱，即便花钱，记者也不会帮忙写稿，需要学校写好通稿发过去。毛璐跳舞可以，写稿子却不行，据她说，憋了一个晚上，才写了好几百字的草稿，完了实在不放心，想找个人润色修改，问了老苏，老苏说："找戴老师啊，他是作协会员呢，你没看见校刊上每期都有他的文章啊。"毛璐还真没注意，每月一本的校刊小周倒是都有送到舞蹈室，她却很少翻开来看过。经老苏这么一提醒，毛璐才亲自找到戴清弢帮忙。那样的小忙对戴清弢来说不算什么，也就几分钟的事情，还挺有存在感的，尤其是在一个女同事面前——工作上的交集，似乎就那么一次，自那以后，两人自然就比以前熟络了一些，球场上，食堂里，见了都得打声招呼。

毛璐给戴清弢端过来一块蛋糕，他放在桌上没吃，鹏仔带头一闹，蛋糕都当泥巴玩了，涂了毛璐满头满脸都是，这才知道他们为什么都没换衣服了。戴清弢端着杯啤酒，和老苏站到一边，两人倚着栏杆，看楼下的街道。校门口这条街叫向海路，东西走向，东面连着宝安大道，西面直通伶仃洋，三十年前，这儿还是一片滩涂，是疍家人打鱼上岸歇脚的地方，后来政府斥资修建了青元中学，通了地铁，周边才慢慢热闹起来。那时楼价一平方米三千元不到，第一批分配过来的老师都埋怨这儿偏僻，后来基本都后悔了，买了房的后悔没多买几套，没买的更是差点儿吐血，现在这儿转眼成了繁华地带，房价一路飙升到了五六万元一平方米。老苏和戴清弢都算是这儿的老教师了，他们来时房价已经涨了，自然谈不上后悔。两人趴在栏杆上没说话，默默抽烟，估计都感觉有点格格不入，年轻人太闹了，几乎没有一点儿师者的模样了。

戴清弢是有事要问老苏，班上有个学生似乎出了点状况，最近情绪不太对，有同学看见他莫名其妙站在走廊上哭，戴清弢把他叫到办公室，问他怎么了，是不是遇到什么事。他却说没事，就是突然地想哭。这小孩很聪明，成绩也好，就是脾性有点怪，也不是内向，其实是瞧不上任何人，同学、老师，包括班主任。戴清弢有点拿他没办法，平时看他写的文章，也从来不好好写，东拉西扯，文采是不错，字里行间却充满颓废沮丧的气息，有一次甚至还交上一封类似遗书的东西，交代起了后事，把戴清弢吓得赶紧找校长，校长立马叫来老苏，责令严加关注，千万不能出事。

“那孩子，你觉得问题大吗？”戴清弢把烟掐灭。

“难说，情绪还不太稳定，关键是他不配合。”老苏也把烟掐了，“上次他妈妈跟他一起来治疗室，她妈妈傻乎乎的，觉得孩子很正常，没什么问题，在家除了跟爸爸会吵几句，没什么过激行为，她以为是孩子的叛逆期，熬过去就好了。我劝她带孩子去医院看看，她似乎还不高兴，好像是我在诅咒她孩子有病似的。我猜他们家庭肯定有问题，这种事，工作再忙，他爸也应该过问一下啊。”

“他爸也没跟我联系过，我跟他妈在电话里谈过，这种事在电话里也说不清楚。”

“孩子出问题，肯定和家庭有关。”

“他自己是怎么说的？比如那封遗书。”

“他闭口不谈，只是说了一句，那不是遗书，是他写的作文。”老苏突然抬起手，指着眼下的街道，“他家好像是开餐饮的，离这儿不远，我听他妈妈说，就在向海路尽头，向右拐，具体在哪儿我也不清楚，你有时间可以去看看，了解下情况，多关心关心也是好的。”

戴清弢点点头，觉得老苏说的有理，他以前确实有点不太上心。

年轻人的烧烤已经开始了，毛璐正招呼戴清弢和老苏过去。毛璐喝了点酒，整个人有点飘，肢体动作也多了，本来就是学舞蹈的，所以看起来像是在跳舞。她的头上和脸上都沾了奶油，显得滑稽，却也可爱。她过来拉着戴清弢，竟情不自禁地挽住了他的手，大着舌头说：“戴老师啊，上次找你帮忙后，我现在每期都看了。”“看什么呢？”戴清弢问。“校刊啊，小周设计的校刊啊，上面都有你的文章，你写得太好了，戴老师，我都有点崇拜你了。”老苏在一边笑着，说：“要不，毛老师，反正老戴也单身，你就以身相许吧。”老苏又来这一套，几年前和唐瑜的事，就是老苏率先挑起来的，他这人就这样，身为心理辅导员，却喜欢干红娘的事。老苏话刚出口，戴清弢就慌了，眼睛立马朝唐瑜瞟，唐瑜显然也听到了老苏的话，不过她假装没听清，问老苏：“刚才说什么来着？”老苏意识到微妙，没再说了，只是笑着，说：“被风吹了，没听清就找风打听去。”在场的人都笑了，戴清弢却不知道说什么好，钻着笑声的空隙，插一句：“嗨，鹏仔烧烤的手艺越来越好了，真香。”鹏仔说：“是嘛，各有所长，师父的特长是搞文字，我的特长是搞烧烤。”老苏冷不丁又来一句：“嗯，你们师徒俩各有所长，都是为毛老师服务的，是吧？”毛璐噗的一声，差点儿被鸡翅上的孜然粉呛到。

3

他们在校门口道别，摇下车窗挥手，其实也只向戴清弢挥手，因为除了他走路，其他人都开着车，连唐瑜的男朋友也把车停在路边候着了。戴清弢用不着开车，他的车一般就停在学校，有时一停就个把月，不去动一下，电瓶都坏好几次了，一来是出门的机会少，短途的坐地铁还方便些，二来在深圳开个车出去，找停车位可以把人找哭。说起来，这车都没必要买的，老家也通高铁了，三四个站，回去也就一个多小时的事情。买车只是为了面子上过得去，同事们都买了，不是凯迪拉克就是雷克萨斯，戴清弢一辆二十来万块钱的日产SUV也就代个步。他对大机械没有征服欲望，不过坐在那个逼仄的空间里时，他还是感觉跟骑电瓶车、坐公交车完全不同，开车时，他才觉得自己是成熟的，是像个大人那样过日子的；即便不开，那也是一个有车的人选择不开。

如果不出意料，几个年轻人还会有下半场活动，去夜场蹦迪或KTV唱歌。老老实实回家的，大概除了戴清弢就是老苏了。老苏有家有室，妻儿都在家里开着灯等他带宵夜回去呢，他不贪恋夜生活情有可原，怎么戴清弢也开始兴致寡淡了呢？也不是刚开始，至少有好几年了吧，他几乎拒绝一切结伴的夜生活，别说蹦迪、KTV唱歌了，就连主动邀同事朋友上街边吃个砂锅粥什么的，他也没有过了，有时别人邀请，他一般也婉拒，实在不好意思拒绝的，嘴上是答应了马上到，结果过了好大一会儿，还在屋里磨蹭，没出门，对方来电催，他立马又后悔了，改口说：“哎哟，突然不舒服，算了，你们吃吧，我就不去了。”总之，在亲朋好友眼里，戴清弢早已是一个情趣归零的中年人了，就像本应跳跃的心电图上持续一条直线已经很长时间了，还伴随着让人烦躁的如同指甲刮过玻璃的吱吱声响。

同样的夜晚，春夏之交，是有些暖意了，但是深圳的气候，来过的都知道，如同漂亮的小姑娘，最具有欺骗性和诱惑性了，夜初戴清弢还犹豫着需不需要套个外套，这会儿夜深了，凉风一上来，皮肤痒痒的，时不时还起了一层鸡皮疙瘩，或许只有戴清弢有这种感觉，大街上，多数人都已经换上了短袖，有外套的，也脱下来搭在手臂上。戴清弢出了校门，左拐穿过新湖路和向海路交叉的十字路口，一直往东走，街上的行人越来越多，灯火也越晚越璀璨。这沿街一百米的样子，白天看没什么异样，一个接着一个的商铺，有金六福金店、博士眼镜，以及士多店和凉茶铺，更多的是真功夫、麦当劳和来自全国各地各种风味的餐馆，尽管戴清弢在这儿住了多年，好多店面眼看着招牌换了又换，却从来没进去过。它们像是专门为远方来客准备的，戴清弢没什么客人，自然也不会光顾。细想下来，光顾最多的还是简单方便的真功夫。一到夜晚，这百米街道就变了模样，几乎成了地摊和露天大排档的天下，拦人吆喝，饮酒猜拳，啤酒瓶直接摔碎在街面上。戴清弢恨不得能拐个弯回家，甚至还埋怨起了城管，怎么就不来管一管。有一次他还把这事搬到课堂上讨论，差点儿跟一个学生吵了起来——没错，那个学生正是戴清弢和老苏聊起的“问题生”，他叫文鼎，不是第一次和戴清弢顶嘴了。那时戴清弢还不知道文鼎家是干什么的，今晚听老苏那么一说，他有些明白了，敢情他家也做大排档生意。

明天是周末，一到周末就焦虑，这是惯例，最近几年尤为严重。明明有很多事情等着戴清弢去做，工作的事情自不必说，工作之外的兼职他也是经常以各种借口请假。就算不工作，也有不少地方没去过，在深圳十多年了，大学一毕业就进了青元中学，从实习生到“老油条”，没挪过窝，活动范围也局限在关外宝安一带，连梧桐山都没爬上去过。有一次，他对鹏仔说：“我刚来时，校园那棵榕树还没你高呢。”如今它像顶巨伞一般，几乎把半个操场都揽进了怀里，他是不是连树都不如呢？不过也有高光的时刻，几年前，学校修建室内球场，要请一位文坛大腕儿题字，戴清弢通过作协认识的文友，七拐八弯联系上了，花了十几万元，换回六个字。校长觉得值，开大会都表示戴清弢为学校立了功。戴清弢却觉得大腕儿的字不怎么样，要价也高了点，完全颠覆他以往对大作家的美好印象。这些都是往事，也只有说起这些时，戴清弢在同事面前才有几分自信和虚荣。

该做的事情一件件被否定，最后就只能在家里看电视和刷微信朋友圈了。这两件事做起来会有羞耻感，时间越久，戴清弢越自责，光阴不该被这么浪费的，于是在它们之间，他又抽空看会儿书，他喜欢的作家，像路遥和王小波，《平凡的世界》都刷两遍了，最近在看《红拂夜奔》，当看到李靖在泥泞的洛阳街上要踩着高拐行走时，他笑出了眼泪。按理说，喜欢王小波的人不会轻易喜欢路遥，喜欢路遥的人一般也不会看王小波，可就是这么奇怪，戴清弢两个都喜欢，而且都认同，觉得小说就应该像他们那样写，要么像王小波，要么像路遥。当然，看书渐渐也成了仪式，很快，他就感觉乏了，需要去冰箱里翻出些零食吃，接着走向阳台，越过烂尾的别墅群眺望青元中学亮着灯管实际又空无一人的教室，抬眼就是黑魆魆的天台，几个小时前，他们还在那上面庆祝同事的生日呢，眼下却像是几十年没人上去过的废弃场所了，仿佛明天媒体就会写“在天台水箱里发现腐烂的尸体”之类的新闻，像是都有可能发生。戴清弢独自发了一会儿呆，半袋薯片已经吃完了，他把晒干的裤头收起来，又给快枯萎的绿萝和栀子花浇了点水。睡觉之前，他想给母亲发个微信。

自从给母亲买了个智能手机，她就越来越晚睡了。戴清弢的微信刚一发送，母亲就秒回了。“在做啥呢？”母亲问。“和你说话，你做啥呢？”“没做啥呢，和你说话。”母子俩在微信里还都挺幽默，不像见了面，不出三天，就烦了。所以，戴清弢不太喜欢寒暑假，暑假还好，他可以找借口不回家，寒假恰逢过年，必须得回去。家里就母亲一个人过，虽然她年纪也不算大，没病没疾的，再说还有一帮广场上认识的舞伴，不至于寂寞，或者说，过得比儿子滋润多了。戴清弢都怀疑母亲哪一天会带回一个男人给他看，然后轻描淡写地说：“儿啊，你老不结婚，那我先结吧。”

老家东海城离深圳不远，过了惠州就到了，开车要三个小时，坐高铁一个多小时就到了，高铁站就在小城边郊，班车往来不过十分钟。以前不方便时，戴清弢回去得勤一些，现在方便了，反而不怎么回去了，怕母亲给他安排各种各样的相亲。母亲现在最关心的就是戴清弢的婚姻大事。去年，母亲几乎以乞求的口气让儿子回去一趟，见个女孩，她已经提前把好关了，是在广场跳舞时跟舞伴聊起的，对方也有意，觉得当老师好，稳当实在，而且在深圳当老师工资又高，不像一些小城里的老师，下了课还要去开三轮、摆地摊。母亲说，那女孩在一家商场里收银，也算是有个正经工作，所谓的正经工作，在她看来，只要不是在KTV或洗脚城上班，都算正经了。人嘛，长得还行，关键是年轻，三十岁不到，没谈过恋爱。母亲跟儿子说这些时，一点儿都不难为情，仿佛在谈论一件商品的好坏。戴清弢一听就索然了，长这么大还没谈过恋爱，肯定有问题吧，不是他不喜欢没恋爱经验的女生，而是快三十岁了还没谈恋爱的女孩，不是太傻就是太精，戴清弢可不想结婚后一直被人要挟，“嘿，老娘嫁你时还是黄花大闺女”。后来当然没见面，因为戴清弢压根就没回去。为了母亲，他还是退了一步，加了女孩的微信，说是保持联系，合适就谈。从微信朋友圈上看，小姑娘长得还可以，只是不知道关掉美颜后会不会是另一番模样，两人是聊了一段时间，戴清弢很快就发现没什么好聊的，她的话题总是离不开小城的奇人怪事，要么就是谈明星，鹿晗、关晓彤，没一个是戴清弢感兴趣的。再看她的微信朋友圈，转发的都是些什么玩意儿，几乎都是谣言帖，“不转后悔一辈子”“出大事了”“一定要看”，诸如此类，戴清弢想表示友好点个赞都感觉无从下手。没过多久，他们就不再说话了，他把她的微信“朋友圈和状态”设置为“不看他”，而他半年才发一次，估计早就被她删了，相互之间连发个信息验证也懒得动手。戴清弢记得那个女孩还有个好听的名字，叫贾静衣。

母亲还想给戴清弢介绍女朋友，戴清弢骗她说跟贾静衣还谈着呢，后来露馅了，因为母亲特意去商场问了人家，结果尴尬了，母亲打电话把儿子骂了一顿，说她在东海城那个最大的商场丢了人了，那女孩说她儿子活该娶不到老婆，连话都不会说，跟个哑巴似的。戴清弢听了哈哈大笑，以为母亲吃了亏，再也不会给他介绍了，谁知，没过多久，母亲又找了一个，这次说是在政府部门上班的，宣传部，还能写点“豆腐块儿”什么的，跟戴清弢对胃口，就是年纪大些，三十好几了。戴清弢觉得这个还算靠谱，文艺女青年，确实是自己的菜，不过没过几天，母亲又打来电话，急忙告知，不行，她探听到了，原来那女的结过一次婚，孩子都上幼儿园了，放在娘家，以为那样别人就不知道似的——是啊，母亲是什么人啊，在小城里，就没有她想打听却打听不到的人和事。再后来，戴清弢干脆骗母亲说自己交女朋友了，是他同事，也是老师，挺好。母亲可高兴了，老催戴清弢带回去给邻居们看看，也杀杀那个商场小收银员的威风。戴清弢哪里敢回去啊，一回去就坏事，这也是他迟迟不敢回家的原因了。

不知道是哪里来的自信，戴清弢在这个周五的深夜，却强烈地感觉到，他的谎言似乎就要成真了。他给母亲发微信时，几乎都想脱口而出，以证明这一年来的欺骗实则不是欺骗，真有那么一个女同事喜欢着他，还是让人怦然心动的暗恋，哎哟，太意外了，幸福来得太突然。戴清弢忍不住还是把晚上的聚会跟母亲说了，把所有参加的同事都说了个遍，当然包括宴会的主角毛璐。如果这时候母亲来个灵魂追问，问他女朋友是哪一个时，戴清弢难保不会一时冲动，“就是毛璐啊”。幸好母亲及时刹住，她表现得比儿子理智多了，其实也可能正忙呢，要刷微信朋友圈，听说最近又开始刷抖音了，时间简直有些不够用，恨不能再活五十年。

挂了电话，戴清弢总算冷静了下来，这一冷静，简直有些后怕，这是怎么啦，智商一下子归了零。他恨不得抽自己两巴掌，不就是受邀参加了生日聚会吗？不就是人家看过他几篇小文章吗？怎么就飘飘然了呢？太贱了，果然是闷骚男人最容易胡思乱想，像鲁迅先生说的那样，看见白臂膀，就想到了床上戏。戴清弢得赶紧睡觉，至少把危险的想法通过一场觉稀释干净。可是一躺下，他又忍不住拿起了手机，点开毛璐的微信，把他们仅有的两句语音对话听了一遍。他发现毛璐的声音听起来真是舒适，没有一般女性过于娇柔的嗲气，又略带一些中性的沙哑，总之刚刚好，像木棉花开在和煦的三月，一夜之间满树火红。

4

一早醒来，戴清弢仿佛做了一个梦，昨晚离开学校后，就像闯进了梦境，恍恍惚惚的，连跟母亲的通话也变得不真实起来。他第一次在周末的早上六点起身，没有继续躺在床上玩手机——无数个周末都是那么过的，早餐不吃，直接饿到中午。那样的早上，确实如路遥所言，是从中午开始的。一反寻常后，戴清弢瞬间焕发出极大的生活激情，洗漱完毕，先是把积了几天的脏衣服洗了，接着又拖了地，把一个礼拜以来的垃圾和废弃物都装进硕大的黑色袋子，像是一种会传染的惯性动作，伴随着“丢弃”的快感，他把本来不舍得丢弃的物件也顺手扔进了袋子，某本看过的旧书刊，各种小电器留下的包装盒和保修单，等等。明知道不会再派上用场，却又担心万一用得到的诡异心理，在这个清晨都被果断地掐灭了，率性地让它葬身于宽敞的垃圾袋——袋子越大越有丢弃物品的快感，恨不得把它装得满满的，才不至于辜负它的肚量，没有比这个过程更让人感觉满足和兴奋的了，如果不是及时遏制住，他差点儿连上季度的几件衬衣也一并扔掉了。那是在淘宝买的，才穿过几回，总感觉略长了一些，下摆都盖过屁股了，让他本来就不长的双腿显得更短了，他又不习惯像老苏那样，把衬衣下摆扎进裤腰带里。说到底，他没有老苏肥大的屁股和鼓起的小肚腩，那似乎只有结过婚的男人才配拥有。

拖过的地慢慢干了，阳光从窗口斜着移到沙发的一角，将垃圾袋拎出门，放在走廊里，把门带上时，戴清弢感觉自己置身于一个完全洁净的空间，甚至误以为一粒尘埃也没有。他赤脚走在瓷砖地板上，没有了平日里黏糊糊的不适，取而代之的是干脆的清爽，他故意在厅间转了几圈，才坐回沙发，心情舒展地抽了根烟。这时候才想起要跟毛璐说点什么，仿佛之前的一切都是准备工作，如果不那样的话，她就能察觉到他家乱糟糟的状况似的——他怎么有勇气跟她视频呢？事实上，他连发微信语音的勇气也丧失了，只能战战兢兢地打字，打一行删一行，亏他还是语文组组长，会写文章呢，最终斟酌再三，发出去的加上标点符号，只有七个字符："昨晚没喝多吧？"

发完微信，戴清弢就不敢看手机了，连碰都不敢，直接扔在沙发椅上，手指则在旁边的胡桃木书架上扒拉，犹豫着抽哪一本好，前些天刚在亚马逊买了毛姆的《面纱》和毕飞宇的《青衣》，还没决定先翻哪本，手机叮的一声响了。戴清弢急忙转身，凑过身子去望屏幕，确定是毛璐回复了，才点开来看，只见她发过来一个笑脸，一个字也没打。很显然，这是不想聊的表现，或者，人家不方便，正在忙。周末一大早的，能忙些什么呢？该不会……戴清弢开始胡思乱想，早就有听说过鹏仔和毛璐的关系不一般，像是姐弟恋，昨晚又是喝酒又是蹦迪的，该不会还开房上床了吧。戴清弢一下子心凉了半截，跟徒弟鹏仔比，他确实没什么明显的优势。他懒得再发微信了，直接躺在沙发上，盯着天花板上的吸顶灯发呆。他突然想吃点什么，从茶几的抽屉翻出一盒公仔面，烧水，水开了，却又不想泡了，他想下楼去找个小面馆，吃个像样的早餐。这么决定时，戴清弢立马弹起身子，换掉裤衩，套上一件薄外套，出门了。

事实上，戴清弢一点儿胃口也没有，逛了大半条街道，还是不知道吃什么好，都快走到尽头了，才在街边要了份肠粉。直到这时，戴清弢才想起文鼎，他不知道文鼎家的餐馆白天是否营业，不过可以确定应该就在附近。当了十多年老师，家访本来是稀松平常的事情了，但是像文鼎这样的情况，他还是第一次遇到，难免有些小紧张。从初一开始，戴清弢就担任文鼎的语文老师，那时他就觉得这孩子跟别人不一样，跟谁都处不来，独来独往的样子，不好管教。好在当时戴清弢还不是他们的班主任，能避就避，跟上初二后，他才当了班主任，于是跟文鼎的接触就慢慢多了起来，相处中多有不愉快，如果不是因为成绩好，估计早就被他劝退了。这不愉快还不仅来自小孩，作为小孩的父母，文鼎的爸妈似乎也没把孩子的事情放心上，在班级群里，戴清弢从来没见过他们露面，发个通知，需要家长确认“收到”时，他们也一声不吭，非得要打电话，多数时候还不接，即便接了，也是傲慢无礼，一副无所谓的样子。戴清弢受不了这样的态度，别的家长，哪个对老师不是客客气气的，逢年过节什么的，有些家长还硬是带着礼物守在校门口，等着半路拦截。戴清弢不敢明目张胆，但塞到眼前的礼物，他也不好意思推托。所以，像文鼎这样的学生，戴清弢不是不想帮，是实在觉得帮了也没多大意思，太不会做人了，孩子不懂事可以理解，大人也那么不懂事，就不能怪老师了。

如果不是那篇类似遗书的作文，戴清弢也犯不着把事情搞大，不搞大也不行，他一个人承担不了这样的责任。在学校，但凡学生有个什么风吹草动，都是很严重的事情。校长每次从教育局开会回来，都会把几个备课组长和年级组长叫过去开会，头等大事从来就不是什么成绩和名次，而是安全，安全，安全，重要的事情说三遍，听说市里某某中学又有学生从楼顶往下跳了，这一跳，什么都不用说，之前所有的成绩，全部归零。青元中学以前也不是没发生过，一个女生，因为暗恋对象和别的女生走在一起，她二话不说就从八楼天台跳了下去，也就是昨晚戴清弢他们聚会的地方。那时几个年轻教师还没来呢，知道事情经过的，只有老苏和戴清弢。事故过后，前任校长立即被处分、调离，现任校长是从副校长的位置顶上去的，孜孜矻矻快十年了，再没发生类似的事故，成绩算是斐然。现如今，校长也快退休了，就半年时间，在这半年里，他更是得谨慎，万不可功败垂成。文鼎的事情一汇报，校长便特意交代戴清弢，配合老苏，主动介入疏导，找到心结最好，找不到，就跟盯着一颗定时炸弹一样死盯着，千万别出事。戴清弢有些紧张了，仿佛真的有颗定时炸弹就摆放在教室的角落里，秒钟滴滴答答时刻在耳边响着，即便不是他的课，也得经常到班里转转，明里是巡查班情，暗里却只盯着文鼎，要是有个什么异常，能把他吓一跳。

5

街道尽头向右——前往家访的路途指引似乎具有某种寓意。这当然不算是严格意义上的家访，事先并没有通知学生和家长，更像是突然袭击，或暗中观察。跟以往轻车熟路的家访相比，眼下的行程已经超出了戴清弢的经验范围，他还没能在内心建立起任何准备。有那么一会儿，戴清弢都有了怯退的意思，脚步踩在街面上，显得拖沓迟疑。大街上的行人越来越多，不知道他们是赶着去加班，还是趁着周末得空，纷纷倾巢而出，生怕这街让别人给逛没了，把藏在柜子里最好看的衣服穿上，恨不得将街道当作大型T台——也不仅是一条街道的事情，整个城市不也一样吗？它就像是一个巨大的口腔，在对人群的吞吐过程中，形同胃部的蠕动和挤压……戴清弢几乎没主动凑过热闹，尽管他躺在公寓的床上也能听见街市的熙攘，但那又怎样呢？就像隔着屏幕看热闹，他习惯以一种缺席的方式存在，同样也能自我满足和心安理得——今儿这么积极地混进街市，成为其中一员，之前还从未有过，老早就泛起生理上的不适，像是秘而不宣的小癖好，其实也是童年时期就携带在身上的暗疾。

是的，如果这世上有一种病叫“上街癖”，母亲显然就是重症患者。戴清弢记得小时候，那时父亲已经去世，母亲一忙完家务，就喜欢拉着他出去逛街。东海城就一条南北走向的街道，名字还很土，叫马街，头尾不过一百米，两边挤满各种小铺，像是排列不齐的牙齿，又脏又臭。母亲专挑最热闹的时候上街，除了秽物混合下水道的脏臭，又增添了人的汗臭和口臭。从他们家所在的玉印社区到马街还得过螺河的迎仙桥，要走好长一段路，母亲每次上街也没什么要紧的事，就算为了买根葱，她也兴致勃勃把儿子拉上。戴清弢怀疑母亲就是单纯喜欢人多，喜欢在人群里挤来挤去的感觉，偶尔被人踩到脚，或被某个粗鲁的渔民吐了一口痰，她都不计较，她觉得那是一个喜欢逛街的人应该宽容和谅解的事情。那些年，戴清弢落下了心理阴影，可以说谈“街”色变。考上大学后，他高兴的倒不是什么未来，而是终于可以离开小城，再也不用被母亲拉着手去逛马街了。

前些年，戴清弢几乎花了所有的积蓄，在小城远郊买了一套房子。小区有花园，有超市商场，可以不用上街。不过母亲估计也很少过去住，毕竟上楼下楼的很麻烦，离城区又远，冷冷清清的，哪有老厝住得舒服，再说她还改不了上街的习惯，屋里一刻也待不住。房子却成了母亲为儿子介绍对象时的重要筹码，有房有车有固定工作，缺一不可嘛。戴清弢如有回去，宁愿窝在远郊也不上街，这在母亲看来，简直有些不可思议。母亲之所以热衷于上街，大概也是为了向街坊邻居宣示，她是幸福的，她和儿子的生活是幸福的，并不像人们想象的那么不堪，得整天窝在昏暗的老厝里咒天怨地才符合一个丧夫之妇的形象。母亲偏不那么干，在她看来，街道就是她实施反击的场域。

无论是小城的马街还是深圳的步行街，都让戴清弢有某种莫名其妙的恐惧，他一直不明白为什么有人那么热衷于逛街，他的母亲，以及后来陆续认识的一些女孩子，包括唐瑜。唐瑜之所以对他没意思，追究起来大概也是误会一场，她以为戴清弢拒绝和她逛街，除了情趣上的欠缺，可能还有一点，就是怕花钱。戴清弢谈不上大方，也不至于小气，不过他懒得证明什么，就像好多事情他连说都懒得说，像老苏说的，任何人或多或少都有心理疾病，只是有人善于隐藏，有人易于暴露——戴清弢就是那个善于隐藏的人，再说了，疾病也好，心理缺陷也好，只要藏得深，对于他人而言，就等于不存在了。

向海路和宝安大道形成一个大T型，戴清弢站在路口，显得有些无措，仿佛街上的每个人都把他当作观察对象。对面是家乐福商场，此刻门口已经挤满了人，有购物的，有蹭空调的，更多是卖气球和糯米糍的小摊贩和摩的司机，他们招揽顾客和乘客的声响，在街对面都听得一清二楚。戴清弢站在路口，抽了支烟，他看见右面是条小巷，他从没走进去过，不过印象中，这是一条老巷子了，应该通往南边一个叫麻布的城中村。如果没猜错，文鼎家的餐馆应该就在巷子里边，不会很远，谁也不会把餐馆开在巷子深处。戴清弢拐进巷子时，特意左右两边循着往里看，除了士多店、快递点和修理电单车的摊位，没见有什么餐饮的铺面。他以为走错道了，继续往里走时，才在一处凹进去的旧楼房处看见一个竖起的褪色招牌，上面写着“正宗粿条汤”。凭经验，戴清弢猜测老板应该是潮汕人，文鼎的普通话很好，不像是潮汕人，不过第二代在深的潮汕人基本也听不出口音了。戴清弢作为海陆丰人，和潮汕仅一县之隔，口音倒是蛮重的，课堂上经常被学生们善意地取笑。

店面不大，却收拾得很干净，有客人在吃早餐。一个女人在招呼客人，另外一个男的在橱窗里面忙碌，这两位显然就是文鼎的爸妈了，他们似乎从未参加过家长会，但眉目间还是能看出文鼎的模样。戴清弢站在门口看了一下，没发现文鼎的身影。女人忙过来招呼，问戴清弢要吃什么，在这里吃还是打包，她对儿子的老师竟然一点儿印象也没有，戴清弢并不觉得奇怪，这一家子看样子把所有的时间和精力都放在了餐馆上，他笑着说："等会儿吧，你先忙。"女人诧异地看着戴清弢，转身真的忙去了。戴清弢在门口摆着的茶几边上坐下，早茶已经泡上了，茶壶里的大红袍都泡成了豉油一样的颜色，这个店还真有潮汕人做生意的架势，无论空间多狭窄，都要预留好茶几的位置。

没过一会儿，女人又出来了，问戴清弢："你，该不会是文鼎的老师吧？"

戴清弢点点头，问："文鼎在家吗？"

女人没有回答，只是尴尬一笑，说道："哦，难怪看着眼熟。在群里看过照片。"

她年纪应该不大，可能比戴清弢还小，她转身到橱窗后，把老师上门的事情告诉了丈夫，他们看样子不像是婚姻状态出现问题的夫妻，至少配合默契。当然了，戴清弢没结过婚，对夫妻之间的情感没有任何经验。

隔了一会儿，文鼎的父亲出来了，他很高大，剃了光头，腆着个大肚子，四肢看起来却很健壮，像是那种道上混的家伙。他穿着背心，胸口搭着条擦汗的毛巾，臂膀露出色彩模糊的文身，一只老虎，或者一条龙，显得很劣质。他朝戴清弢走过来时，表情是绷着的，像是即将要面对来找麻烦的混混。

"戴老师啊，有什么事吗？"他歪着身子站在戴清弢跟前。

戴清弢坐着，凳子有点矮，所以他们的高度过于悬殊，像是平时上课，他也曾企图以这样的高度差来压制文鼎的傲气——不消说，这父子二人在人前表现出来的傲气还真是如出一辙，他们也不见得不尊重人，所秉持的姿态确实又让人不愉快，哪怕面对的是应该被尊敬的老师。

戴清弢试图站起来，不过男人没给他机会，他突然转身，面向街道，兀自从茶几上拿了烟抽，像是戴清弢根本就不存在。这时有客人喊加菜，男人也懒得理，不像是服务态度好的生意人，或者他根本就不适合在外招待客人，平时躲在橱窗后面，只负责做菜，招呼客人是老婆的事情。点了烟，他才记起戴清弢，突然把烟盒推到戴清弢面前："抽烟吗？"这下他连"老师"都懒得叫一声了。戴清弢摆摆手。"早上只有粿条汤。"说完这句，男人转身回去了。看样子，戴清弢的到来还打扰了他，他并不知道戴清弢此行的目的，以为只是路过，凑巧遇上了，而他还得搭上一瓯粿条汤。

"先生，我想跟你谈谈文鼎的问题。"戴清弢急忙起身，声音有些大。

"文鼎有什么问题？"他可能真不知道文鼎有什么问题，说出来的话硬邦邦的，像是故意在诘问。

"文鼎最近有些异常，我想知道他是不是遇到什么事情了，比如，在家里发生过不愉快吗？或者，谈了女朋友没有……他们这个年龄段很容易出问题……"戴清弢说得有些磕巴，他实在不习惯在这么一个生硬的人面前说话。

"现在老师还管这些的啊？"男人像是开玩笑，听起来却又有嘲讽的意味。

戴清弢实在有些受不了，他巴不得起身离开。

幸好这时候女人急忙走了出来，说客人在里面都叫急了，把丈夫给支了进去。

女人笑着跟戴清弢说："他不大会说话，你别计较。跟文鼎也是，父子俩一说话就吵，所以文鼎放学后都不回家的，他在麻布村租了个房子，单独一个人住，到点了还得送饭过去，为的就是父子二人少见面，少吵架。"

戴清弢能理解这父子俩的紧张状态，两人性子都差不多，天生自带倔强和傲气，肯定水火不容。让他惊讶的是，文鼎竟然都搬出去住了，他才多大啊，虽然看起来比一般同龄人要早熟一些。看来老苏的猜测没错，他们父子俩的关系果真挺麻烦，十有八九，文鼎的"病症"就来自父亲，而他本身又是那么地像他父亲，所以病症一部分也来自自身吧。

三十年前，如果戴清弢的父亲不死于一场海难，他们父子俩后来是不是也会遭遇类似的麻烦？这显然是不能假设的事情，至少他们父子俩长得一点儿都不像，母亲是这么说的，她说："你跟你那死鬼老爸没一点儿相像的，都不像是他留下来的种。"类似的话母亲说过多回，这不得不迫使戴清弢调动脑子里所有的记忆，去努力重构父亲的容貌，虽然有些徒劳，还是记得起那张常年在海上暴晒的脸上拖着两条长长的法令纹，像是被刀子刻上去的，很深很长。多年后，戴清弢在电视上看到张艺谋，大导演张艺谋，他脸上的法令纹竟然像极了父亲，这让他一下子对张艺谋有了不一般的印象，花了大半个月，看完了他所有的电影。

事实上，戴清弢对父亲的印象只剩下为数不多的碎片了，碎片肯定组装不成影像，不过以前父亲每次出海回来，家里就有一股挥之不去的鱼腥味，好几天都散不掉。戴清弢后来一直海鲜过敏，严重的时候，连经过海鲜市场，浓重的腥味都可以让他浑身起红疙瘩。宿命地想，那可能是父亲打一辈子鱼却在儿子身上得以报应。戴清弢倒无所谓，童年丧父的阴影早就在他生命的天空里消散一空了，他唯一感觉难受的，是离开小城之前，每年清明节，母亲都会带上他，和一些银锭冥纸，去码头祭拜父亲。那个葬身海底的男人最终连尸骨都未能上岸。母亲在海滩上一边烧纸一边念叨，她把没烧干净的银锭撒向海面，海浪把它们冲回来又卷走。母亲又用沙子把灰烬填埋，努力不让人看出来曾有祭拜的痕迹。做完这些，她才略显害羞地环顾四周，拉上儿子回家，她突然说："死是治不好的病，谁都一样。"

戴清弢一直记得母亲说出那句话时的冷酷，他其实一直没弄明白是什么意思。现在有些明白了，至少明白母亲当年为什么在父亲的葬礼上披麻戴孝，铁了心不改嫁，也不招人入舍，因此还和娘家人闹翻了，同在一个小城，几十年没往来。当然，戴清弢有时会去盐务所看望外婆，外婆去世之前，一个人住在盐务所大铁门内的小瓦房里，每次去，外婆眯着快瞎掉的双眼，总是摸摸索索从橱柜里找糖果给他吃。那些糖果都放融化掉了，剥开糖衣，黏糊糊的一层糖膏被带了出来，为了让外婆高兴，他还得假装舍不得，把糖衣也含在嘴里，咂巴着，发出哗啦啦的声响。戴清弢偷偷去看望外婆的事，母亲肯定是知道的，但她一次也没说过儿子。

有那么一瞬间，戴清弢挺羡慕文鼎的，这小子至少还有个完整的家。他突然觉得都没必要在文鼎父母身上浪费时间了，他们夫妻俩说的都没错，孩子没问题，一点儿事也没有，哪个小孩不跟父母闹别扭，打打骂骂还不是为他好，有情绪也很正常，农村里的孩子，被父亲撵着往外赶，半夜三更还偷偷趴在门外要回家，也没见一个会去死的，叫他死他都不去死，怕什么？人都怕死，好死不如赖活。反而是戴清弢他们多虑了，敏感过了头。至于那封所谓的"遗书"，如果真是遗书，文鼎也不可能当成作文交到老师手上来。戴清弢突然有些释然，也许把文鼎当作普通学生那样去看待，而不是像校长说的，要时刻把他当成一颗定时炸弹那样盯着，事情也许反而没这么麻烦。

戴清弢起身告辞，他实在不好意思再贸然打扰人家做生意了，眼前这个女人既要招呼客人，又不敢怠慢儿子的老师。她也感觉不好意思，想留戴清弢吃个早餐，别的没有，粿条汤管够。戴清弢说他吃过了，粿条汤看起来挺不错，可他不吃早餐的肚子早已被一份肠粉撑满了，再也吃不下任何东西了。恰好这时兜里的手机响了，不知是谁给他发微信。

6

微信是毛璐发的。毛璐发的是语音，她说刚刚在体育馆跑步，跑了十圈，大汗淋漓的，爽透了。戴清弢听声音，确实还在喘，仿佛手机凑近一点儿，就能闻到她的气息了。能收到毛璐的回复，戴清弢很开心，说明有继续往下说的机会。他犹豫起该怎么回复，是语音呢，还是文字？语音对他来说有些为难，毕竟这个世界上，他唯一能轻松自如用语音发微信的，只有母亲。

戴清弢决定用文字回复毛璐，他站在周末行人熙攘的街道上，竟停下脚步，抱着手机发愣，嘴角还带着无意识的傻笑。这完全颠覆了他平常的形象。天气温和，阳光照射着整条街道，所有行人身上都镀了一层金光。戴清弢却浑身起了一层鸡皮疙瘩——是的，爱情来了。

他想约毛璐一块吃午饭，却不知道该以什么作为理由，虽然同事多年，也没熟到可以约出来单独吃饭，当然吃个饭有什么呢，是戴清弢拘谨了，所以说一个人快四十了还单身肯定是有原因的。戴清弢紧张得当街跺脚，恨自己柔寡，竟一下子来了劲儿，干脆用语音说：“毛老师，中午一起吃个饭吧，感谢昨晚邀请，今天算是回邀。”这么说完，咻的一声发过去了，他点开重听，不听还好，一听简直羞到想死，那语音完全不是平时正常的状态，听起来竟像是在大冷的天，声音抖得厉害——再说，回请的理由也太见外了，目的那么明显，类似光天化日脱了遮羞的衣物。

毛璐倒是爽快，或者说一直爽快，微信和人一样爽快，她说：“正想一个人去吃饭呢，没找到伴，这样吧，我这儿有一家客家餐厅，蛮合咱们胃口，我发个位置给你，一个小时后……”毛璐的语音听起来也是抖的，却抖得自如，像是女孩的娇喘。戴清弢听着高兴，他得做好准备，比如回家换身得体的衣衫，还有就是，开车呢，还是坐地铁？这又是一道选择题。

戴清弢还是决定开车，车子至少一个月没动了，再不动电瓶又要坏了。成年人的约会，开车还是显得得体一些，戴清弢以前没这种感觉，怎么方便怎么来，现在他越发觉得，一个成年人，尤其是岁数有些大的成年人，如果没有拥有与年龄相匹配的东西，年龄所构建起来的“世界”就会不成立，或者不牢靠，所以也别埋怨女孩动辄就要求男方有房有车有工作，这些不都是成年男性最基本的配备吗？当然，女性也一样，像毛璐那样，在戴清弢看来就挺完美，该有的都有。他们现在最缺的也是成年人的必备品，比如婚姻、孩子，那么这一生，也就完备了。这么想时，戴清弢不但有实现自我的使命感，还有拯救毛璐的崇高感，但凡不是大脑秀逗，他也不会在这时候有如此遥远的想法。

约定的餐馆位于福永凤凰山脚下，戴清弢以前来过多次，不是吃饭，而是爬山，山顶有凤岩古寺和文天祥庙，因为路熟，不用导航，半小时不到，就到了餐馆门口。停车位有些紧张，不过人逢喜事精神爽，人逢喜事运气也佳，戴清弢刚到，有一辆车就启动开走了，给他空出了宽敞的位置。他来了一个完美的倒车入库，左右居中，就把车停了进去，开门下车，自有一股轻松自如的气质——人到中年，这种不窘迫的潇洒劲儿已经不多见了，戴清弢真想边上有人能见证。

毛璐已经在包间里等着了，戴清弢刚要叫服务员点菜，毛璐说她点好了，又把菜名说了一遍，问戴清弢有不喜欢的吗，可以换。戴清弢口味不刁，客家菜清淡，不辣，正合他胃口，辣也不怕，他在深圳这么多年，早习惯了全国各地各种口味，辣的酸的麻的，都无所谓。毛璐是客家人，没记错的话应该是梅州的，要是走出广东，和戴清弢还算是老乡，两地挨着，比深圳都亲。如果愿意，他们可以用多种语言交流，粤语、潮汕话、客家话，都没问题，在学校一般就说普通话，也习惯了普通话，这点深圳跟广州、香港不一样，深圳几乎都“普通”化了，街上或者各种场合，听见粤语的概率越来越低。

戴清弢在毛璐对面坐下来，两人坐一个包间有些尴尬，哪怕是个小包间。他还是穿得太正式了，差点儿连西装都穿上了，临出门，还是换了休闲装，卡其色的布裤，褐色皮鞋，上衣是橘色的阿迪达斯风衣，现在看来，这样的搭配有点傻。毛璐还是一身在体育馆跑步时的短裤短衫，跑步鞋也脱了，像是刚刚运动完，汗水还没歇干。她甚至伸手向戴清弢要了根烟，兀自抽了起来。这是戴清弢没想到的事情，毛璐平时在学校是有点男子气，但抽烟还是第一次见，如若站在欣赏的角度，这女子抽烟还挺好看，有种脱俗的优雅。不过今儿戴清弢带着极其严肃的目的赴会，毛璐如果是故作姿态，似乎就有了考验的意思，是不打算给戴清弢一个好印象吗？就像文鼎在课堂上的刁难：“老师，刚才那句话不是胡适说的，是蔡元培说的……”

不知道聊什么。话题当然得从学校开始，对校长、副校长的评价，哪位老师当了年级组长，干得没以前好；谁谁兼办公室副主任；新来的文秘啥都不懂，肯定是靠关系招进来的；还有谁下个月要被借调去教育局；谁又申请了职称；谁准备去支教……他们显然都不擅长此类话题，又不得不就此聊开。戴清弢想和毛璐聊些别的，最好跟学校无关。

桌上一碟毛豆已经剥完了，毛璐起身催服务员，让快点上菜。服务员陆续把菜端了进来，有梅菜扣肉、盐焗鸡、酿豆腐和三及第汤，一共四道菜，有点多，他俩估计吃不完，不过也不着急，慢慢吃，时间还早。

“毛老师，你读过《花季雨季》吗？”戴清弢转头望向窗外，这二楼的小包间，窗口正好面向凤凰山，能清楚地看见蓬松的绿色树木和山顶建筑物的飞檐。

毛璐偏着头说：“你说的该不会是什么世界名著吧？”

“谈不上是名著，严格意义上都算不得是文学作品，在我读初中那会儿却很火，我们学校的学生几乎人手一册。我当年之所以会选择深圳，还跟这本书有些关系。”

“哦，我想起来了，有些印象，不过没读过，我看书不多，让戴老师见笑了。”

“我记得小说的最后，就写了一帮学生来凤凰山采风，我老家那个小县城，出门就是海，我那时最想干的事情就是爬山，像小说里写的那样，爬一爬凤凰山。”

“就是我们身后的凤凰山吗？我真是孤陋寡闻，没想到这普普通通一座山还被写进过小说。我就住在这附近，以前每个礼拜都要爬一回，现在有点爬不动了。”

“我刚来深圳时，第一件事就是来凤凰山，结果有些意外，和想象的不太一样，那时候的凤凰山还比较荒野，进山的路都不太好走，我一个人吭哧吭哧爬到山顶后，望着底下的城市，激动得哭了，感觉像是理想终于实现了。现在想想，还真是天真得可以。”

“戴老师还有这样的经历啊，跟你比，我来深圳就有些乏味了，说实在话，我对这里的感情不是很深，一度还很讨厌，大家都挺忙的，人与人之间也是隔着距离的，走不近。当然这些都没什么，既然选择了深圳，就应该知道这是一座什么样的城市，就像选择跟一个人结婚，尤其是我们当老师的，每天面对的都是比我们小得多的学生，像是活在象牙塔里，活在一个很窄很窄的小圈子里，有时根本体会不到社会的丰富与复杂，看到的都像是人为搭建起来的场景，我们也像是人家预先设置的一部分，类似活动的道具吧，就像是哪部电影演的，我忘了名字了，说一个人活了那么多年，突然发现身边的一切都是假象，都是糊弄他的演员……”

“《楚门的世界》吧？”戴清弢很庆幸自己能快速记起这部曾经看过的电影。

“对对，《楚门的世界》，那部电影拍得真好，平平实实的，看到最后却毛骨悚然。”毛璐抬头环视一周，仿佛想在天花板上寻找什么，“现在到处都是摄像头，是有点像电影里的场景了，幸好这里面没有，还算有点小隐私。”

“毛老师很喜欢看电影？”

“还行吧，其实我没什么专注的爱好，凡事都喜欢来一点儿，舞蹈算是其中之一，用我们客家话说，‘样样都斜，样样也唔系按叻’（客家话：样样都行，样样都不精）。我记得小时候，我姐经常领着我去别的村里看电影，她很早就会骑单车，那种很高很大的单车，她个子也不高，但胆子很大，推着推着，猛地就跳上去了。我得事先坐好，每一次都惊心动魄，生怕她把我推沟里了，或者她跳不上来，就那样一直推着我走。我姐对我真好，那时我爸妈都在卫生站上班，经常值夜班，那些大着肚子的女人总是挑三更半夜生孩子，我哭着不让妈妈走，我姐就哄我，抱着我在天井里走来走去。所以我从小就对生孩子很敏感，仿佛别人一生孩子，就意味着我们要被爸妈抛下不管……哈哈，让戴老师见笑。后来我们一家搬去了兴宁县城，爸妈还是当医生，我姐率先考上了我们当地最有名的师范学校，我见我姐当老师了，我也想当老师，那时我感觉我姐就是我的人生指引，她干什么，我就跟着干什么。”

“你姐现在在哪儿教书？”戴清弢也就随口一问。

“我姐还在我们县城，特殊学校，每天面对一群特别的孩子。”毛璐故意做出一个夸张的动作，“听她说，有学生正上着课呢，突然拿头哐当哐当砸玻璃窗，玻璃哗啦啦地碎一地，还有学生躲厕所里偷窥的。哎呀，什么事情都能发生，特殊学校的老师不好当啊，我姐当了好多年了，一直想离开，时不时抱怨，真有机会离开了，她又觉得他们可怜了，不舍得离开，怕别的老师没有她那样细心，不知她是怎么想的……我姐这人就是心软，见不得人惨。”

“心里有压力吧。”戴清弢第一次听人说起特殊学校，他当然知道它们的存在，只是一直没在意，特殊学校的学生是特殊的，估计在那儿教书的老师也很特殊。这是他的错觉，理智不会使他真的这么想。

“当然有压力啊。”毛璐嘴里正嚼着食物，“她之所以这么晚还不敢谈男朋友，就是有心理压力，老幻想着以后生出来的孩子也是那个样子，有时晚上都做噩梦，吓出一身冷汗。怎么可能呢，是吧？她自己吓自己，那东西又不是传染病。我还真希望她能早日找个好男人结婚，生个孩子，那样就不会整天胡思乱想了。”

“嗯，是应该走出心理阴影。”

“我也这么觉得。”毛璐笑着给戴清弢夹了一块客家酿豆腐，“哪天戴老师加下我姐的微信，帮她疏导疏导。”

戴清弢一愣，忙说：“我哪里行啊，这种事得找老苏，他比较专业。”

“老苏？”毛璐突然迟疑了一下，“哦对，找老苏。不过老苏也挺麻烦的，他孩子的事，你听说过没有？”

戴清弢摇摇头，他一向很少打听同事间的私事，因为表现出凡事不感兴趣的样子，也没人会主动跟他讲。

“老苏前几年不是去广州做试管嘛，他老婆习惯性流产，怀不上，就去做了一对龙凤胎，光这个，就花了三十万元。孩子后来早产，住在医院保温箱，一个月，又花了几十万元，前前后后，上百万元都有了。要是孩子能平平安安还好，结果查出先天性肺部发育不良，两个都是，一有个受风着凉，就会引发肺炎，每次都得住院，他去深圳儿童医院的次数比上班都多。后来，又发现儿子走路不太正常，一跛一跛的，像鸭子，一查，先天性髋骨发育不良，需要物理治疗，每天都要戴矫正器牵引……这么一折腾，老苏还是心理辅导员呢，他自己不出问题就好了。”

戴清弢记得老苏说过一句话：“生育和性就咫尺之遥，可是因为有了生育的危险，性也就让男人趋之若鹜的时候暗藏恐惧。”看来这话说的也是他的心声，戴清弢没想到老苏生活上会遇上这么大的麻烦，难怪他有时看起来神情阴翳，像是心理疾病研究多了自己也有心理问题了。看来一切心理问题都是受外部环境影响的，不会平白无故而生。

“所以我姐的担忧也不是没道理。”毛璐又跟戴清弢要了根烟，她已经吃得差不多了。

“要不再叫个什么……”戴清弢起身要招呼服务员，他这么干是想宣示做东的意思。

“别，戴老师，今天我请，这是我的地盘，哪天我姐来深圳找我了，你再请我们姐妹俩吃餐大的。”毛璐伸手抢了点餐单起身。

“那怎么好意思呀，我约的饭，却要你买单。”戴清弢也拿了车钥匙起身，不过看毛璐的架势不像做样子，“那好吧，下次我做东，咱们找个地方吃海鲜。”

7

周一上午，戴清弢没课，在办公室改作业。一般情况下，办公室是安静的，同事们说话的声音也刻意压着，每个人的案头都摞满了教材和作业本，埋头在里面，倒像是把头钻到了书本的缝隙里，轻易还看不见。有些女同事，比如教美术的，或管乐班的老师，有点文艺情怀的，就会在案上放几盆花草，文竹、绿萝和多肉之类的。摆上个公仔什么的，通常都是刚从学校毕业过来实习的小女孩，比学生大不了多少，慢慢地，如果熬成戴清弢这样的，桌上就什么多余的物件都没有了，除了作业本和教案，相关的书籍都不会有，说好听点，是已经把知识点都牢记心里了，随口即来，说不好听的，就是懒。

鹏仔的到来，打破了语文组办公室的寂静。他总是迟到，不过没人计较，因为他每次都能给同事们带点东西，给新来的实习生带奶茶，给阿姐阿姨带零食，给戴清弢他们带烟。烟当然不敢在办公室抽，谁也没那么大胆子，校长下了死规定，谁要是在办公室抽烟，罚款五百块钱。

有个地方却是“法外之地”，那就是校刊编辑部，除了设计师小周在那儿坐班，其他编辑都是外请的，一般都不在，编辑部里平时就小周一个人，鹏仔他们几个要抽烟吹水什么的，就会去到二楼编辑部。

“师父，去抽根烟吧。”鹏仔分配完“见面礼”，过来拍了拍戴清弢的肩膀。

戴清弢其实注意到了鹏仔进来以后的举动，他虽和别人说话，眼神却一直往戴清弢这边斜，似乎有什么事找他。戴清弢心里有“鬼”，周末跟毛璐单独吃饭的事，在他看来是个秘密，不希望有第三个人知道，尤其是鹏仔这样的活跃分子，如果知道了，保证不出一天，整个青元中学就全都知道了。以前和唐瑜的事，戴清弢又不是没领教过，小小校园，人多嘴杂，他还曾暗自发誓，不想再跟同校的女同事有半点暧昧关系。

时间还早，离去食堂打饭还有一个小时，戴清弢故作坦然，伸了个懒腰，两人便走出办公室，穿过长长的走廊，不时有学生从教室出来，碰见老师敬礼。他们下楼梯时，戴清弢从楼梯拐角处的镜子里看见鹏仔一脸坏笑，内心似乎憋着什么好事。

“今天这是怎么啦，又遇到什么喜事了？”戴清弢笑着说。

“师父，什么时候请我们喝喜酒啊？都等馋了。”鹏仔做了个鬼脸。

戴清弢着实吓一跳，鹏仔似乎什么都知道了。

“你给我介绍啊，喝喜酒那天，就不用包红包了。”戴清弢不露声色。

“别说哦，毛璐姐姐那事，还真是我让毛璐这么干的，她没跟你说吗？”鹏仔有些兴奋。

“什么都瞒不过你啊。”戴清弢有点明白了，这两天他心里挺疑惑的，鹏仔这么一说，事情就再明白不过了。

“不是，师父，我能有什么事，不就是想喝你一杯喜酒嘛。我也是无意听毛璐说起，她有个姐姐在特校上班，年纪也不小了，着急嫁人，我随口那么一提，说可以介绍给戴老师认识啊，戴老师的为人，大家都清楚的。”

“这么说，他们都知道了？”戴清弢问。

“谁？”

“老苏他们。”

“没有，他们都不知道，我是单独和毛璐说的，这种事，我心里有分寸的，师父，怎么可能到处说呢。”

“毛老师是跟我说起过她姐的一些情况。”戴清弢故作轻松。

“她没好意思直说，本来让我先跟你打声招呼的，可周末我一忙，去了趟香港，结果把这事给搞忘了。你们在一起吃饭时，她还给我发微信，问我跟你说了没有。我才想起来，坏事了，不过那会儿也不能告诉你了，就想着上班了再找你说一下。”鹏仔讪笑着表示歉意。

戴清弢没生气，鹏仔也是好意，这犯不着生气。他只是有些懊恼，别人没耍他，他倒把自己给耍了。如此看来，毛璐邀请他参加生日会，完了他约毛璐吃饭，在毛璐那里，其实是门儿清的，难怪出乎意料地顺畅，像是本来就约好的饭局——结果两人都蒙在鼓里，尬聊了一餐。戴清弢深感挫败。这种挫败没有敌人，也就是说，没有谁往他肚子上打一拳，朝他后背开一枪，没有，可以说，周围的人都怀着好意，给他介绍女朋友，女孩的条件不错，有正当职业，年纪也不算大，关键是还没嫁过人，没正经交过男朋友，因而还能大胆猜测，是个黄花大闺女。多好啊，没毛病。

几人在编辑部里抽烟，聊着闲话，戴清弢却一肚子心事。没一会儿，他就借口出去了。下到一楼，在操场边的榕树下，不知道干吗，就在围墩上坐了下来，一个人发呆。戴清弢记得刚来青元中学时，头顶的榕树还是一棵小树苗。树都长大了，人却依然是那个人。戴清弢由挫败感转化为自卑感，他不知道接下来该如何应付，或者说，怎么处理才算得体。他本来是奔着毛璐去的，结果在他们之间横空杀出一个姐姐。这让戴清弢很羞愧，像是暗地里干了一件丢人的事情，跟他一贯保持的严肃形象完全相悖，他都害怕在校园里遇见毛璐了，遇见了说什么呢，赤裸裸的，在她面前，戴清弢的脸会不会刷的一下就红了，像个小男孩那样在走廊的另一端掉头就跑……

8

下课钟响时，戴清弢没有去食堂，他随着汹涌的人潮，出了校门。保安跟他打招呼，问他怎么不在学校吃。戴清弢笑着说，中午约了人。

在十字路口，戴清弢跟着学生们停下来等绿灯，潮水般的学生几乎把整个十字路口都站满了，像是一块空地上突然长出了茵茵草坪。他一个大人站在他们中间，确实有些显眼，边上穿红色马甲指挥交通的家长义工，有的还认识他，跟他打招呼，他点点头，不敢过多张望，尽量低头看地面，不时拿出手机看时间，像是真有什么急事。

出了校园的学生可不太一样，他们吵闹得要命，在安全岛上追逐，或围着某个小吃摊。大多不是他的学生，即便是他的学生，也躲在人背后假装没看见，不到迫不得已，谁愿意主动和老师打招呼呢。绿灯亮时，戴清弢随着学生过了马路，他还得继续在对面路口等绿灯，那样走回家的路是远了一些，却可以避开学生群，他们有的直接在路边上了父母的车，大多数是要直行去西乡地铁站，地铁会像巨蟒一样吞噬他们。

戴清弢总算松了口气，拐上街道时，他在街边买了一些水果，如果家里找不出多余的食物，午餐就靠水果果腹了。他心情不好，吃不下饭。

“戴老师，中午就吃这些啊？”

有人在后面跟着，看来已经跟了戴清弢一段路程了。

戴清弢回头一看，竟然是文鼎，只见他斜挎着个旧书包，其实就是个双肩包，脸上带着看不出情绪的微笑，正跟在戴清弢身后。他几乎和老师一样高了，只有从消瘦的身材和冒着青春痘的脸蛋，能看出是个少年。作为少年，他还是显得老成一些。

“文鼎，你……”戴清弢竟一时不知所措，“回家啊？”他问出一个愚蠢的问题。

“不想回家。”文鼎歪着脸，回答得很干脆，“请你喝杯奶茶吧，老师。”

街边刚好有一家小小的奶茶店，里面已经坐了几对学生，估计是在拍拖的男女，离开了老师和家长的视野，显得有些肆无忌惮。

“不太合适吧？”戴清弢摆摆手，他指了指前面，意思是他有事，或急着回家，不过没明确说出来，他潜意识里其实不想对文鼎撒谎。这个学生虽然让他头疼，但他却一点儿也不敢忽悠人家，心里甚至有一种区别于其他学生的尊重。

“你不是有事找我吗？我听我妈说了。”文鼎转身进了奶茶店，“有事就直说啊，别磨磨叽叽了。”

戴清弢只好苦笑一下，还真拿他没办法，只好跟着进去了。

“我请你吧。”两人在靠墙的桌边坐下，戴清弢说。

“说好是我请的，放心，我有钱，家里也不穷，你不是也看到了，开铺做生意，不是手机上报道的那种靠捡废品为生的家庭，我们家在南山、龙华都有房子。梁文杰，他爸就是踩三轮车收废品的，很穷，还整天臭烘烘的，他才是你应该关心的对象。”文鼎说话不像个孩子，尤其是出了校园。

“你每天中午都不回家？就在街上随便吃点？”戴清弢问，他故意摆出友善的姿态。

“一般是这样，回去干吗？店里嘈嘈杂杂的，和我爸再一吵，生意都不用做了。”文鼎竟然从书包里摸出一包香烟，点上抽了一根，他把烟盒推给戴清弢，示意他自己拿。

戴清弢当然没拿，问道：“你怎么还抽烟啊？”

“老师你不也抽的吗？我看见过，你们几个在编辑部里，那次我刚好去送篇稿子，没进去，怕你们尴尬。”文鼎吞云吐雾的，倒显得云淡风轻。

文鼎写文章确实有一手，校刊上差不多每期都有他的文章。他的文章也和年纪极不相符，都是杂文类的，针砭时弊，风格上有点模仿鲁迅，只略显稚嫩一些，水平却比其他学生高出一大截。

“最近怎么没见你送文章给编辑部了？”戴清弢转移话题。

“不想写了，没劲。”文鼎催了下服务员，转头面向戴清弢，说道：“像老师你那样写文章更没意思。”

戴清弢有点不悦，不过没表现出来，他笑了一下，似乎就是在证明给学生看，确实没意思，不但是文章，人也没意思。

服务员把奶茶端过来了，还有几碟果蔬小吃，都是平时学生们爱吃的东西，这家临街的奶茶店估计就只做青元中学的生意了。

“你其实吧，用不着去我家。”文鼎大吸了一口奶茶，“我没事的，读个书嘛，别弄得大家都紧张兮兮的，挺累的，上次我也跟苏老师说过了。”

戴清弢将不悦转为懊恼，他觉得文鼎太没大没小了，自己惹的麻烦，现在却说起风凉话。

“那篇文章你能解释一下吗？别告诉我是故意让我看到的。”戴清弢语气变得严肃。

“嗨，那有什么啊，照你这么理解，太宰治的《人间失格》，还有那个台湾作家邱妙津写的《蒙马特遗书》，不是更直白——老师您读过吧？”文鼎语气坚定，眼神却闪烁不定。

戴清弢知道《人间失格》在学生中流行起来是这几年的事情，他没读过，日本文学不是他的菜，至于《蒙马特遗书》是什么更是听都没听说过，听起来像是网络上的青春文学，但据他了解，文鼎对网络文学不感兴趣。戴清弢倒希望文鼎能读一读路遥的《平凡的世界》，有一次他在课堂推荐时，文鼎直接站起来反驳，说《平凡的世界》并非一流文学作品，把戴清弢气得想翻脸。

“你跟你爸还真像。”戴清弢突然说道。他也真这么觉得，他们父子俩无论是体貌还是说话时的语气姿态，都如同一个模子刻出来的。

“拜托，别在这时候提他。”文鼎做出一个扫兴的动作。

“你们父子的关系怎么这么紧张？”

“老师你跟你爸好吗？”

“好啊，可惜我刚上小学我爸就去世了，小孩子跟父亲没办法不好。”

“你真幸运，你爸也幸运。”

戴清弢明白文鼎的意思，说道：“那也不是说长大了，关系就一定得变得糟糕吧。”

“我没这么说，但也不是一定就不会糟糕吧，如果他真的做了什么让事情变得糟糕的话……”文鼎欲言又止。

这大概已经涉及他家的隐私了，戴清弢也不便追问下去，他安静下来，继续喝奶茶。

“老师你还没结婚吧？”文鼎突然问。

戴清弢不作声，点了点头。

“你们的年纪差不多，我是说你和我爸，你看人跟人就是不一样，我爸家里有女人，还喜欢到外面搞女人，哈，就是个渣男。他以为做得天衣无缝，早上开车去进货，非得往龙华跑，也就是瞒住我傻乎乎的妈妈。作为女人，我妈挺可怜的，卑微、悲情，还有一个词叫什么来着，忘了。家人都不知道我爸还在龙华买了一套小产权，这事是我捅出来的，我爸为此把我揍了一顿，觉得我坏了他的好事。其实，他包养的情人我见过，他买的小产权我也知道在哪个小区，这些我都摸清楚了，否则我拿什么跟他斗。问题是，唉，我妈根本就不信我的话，或者不愿意信，她说我爸那么忙，怎么可能养情人？劝我多理解理解家人。家人？哪里是我的家啊，是那个大道尽头右拐的小面馆，还是南山的房子，还是龙华的小产权？笑话，一个人哪能有那么多个家？”

“看不出来啊。”戴清弢说。

“哈哈，上当了吧？我现编的，老师，这编故事的能力还行吧？别老说我只会写杂文了。”文鼎像个孩子那样笑了起来。

“真编的？”戴清弢不信。

“骗你干吗？真有这事，我还告诉你啊，真是的。”

“那你跟你爸的关系怎么这么紧张，没具体原因吗？”

“有啊，就是都要强，谁也不服谁，一山难容二虎，就这么简单。”

“要是这样倒没什么，慢慢长大了就好，你爸也会老，老了就服输了。”戴清弢又加一句，“如果我爸过世不那么早，我也不敢保证。”

“是啊，所以我说，你们都很幸运，你现在对你爸的印象肯定超好。”

“还行，就是记得他浑身都是鱼腥味。”

“你爸是市场卖鱼的？”

“不是，出海打鱼的。”

“哇，真羡慕，我超级想出海。”

“行船讨海三分命啊，你听说过‘风台赶鱼人’吗？”

文鼎摇摇头，这显然超出了他的认知范围，却也引起了他的兴趣。

“我们老家，每次台风，我爸他们就要开始准备了，得赶在台风歇下来之前出海，我们当地人管这叫‘打头捞’，海水经过啸刮过后，藏在海底石礁的稀罕鱼类会被搅上浅海，趁着那会儿，就可以把它们一网打尽。老家人就送给打头捞的渔民一个形象的名号，叫‘风台赶鱼人’，风台就是台风，我们那里好多称谓是反着来的，台风叫风台，拖鞋叫鞋拖，母鸡叫鸡母，热闹叫闹热，客人叫人客……”

“潮汕话好像也是这么叫的，只是我不太会说。”文鼎注视着戴清弢，赶鱼人的故事把他吸引了。

戴清弢继续说：“那时我还小嘛，每次看着他冒着风雨出去，回来时浑身湿透，不知道都经历了什么。码头离我家其实很近，站在院子里抬头就能看见妈祖石像。我爸出事那天，我妈把我锁在家里，我就一直抬头看石像，它被外墙挡住了，只露出脖颈和头颅，风雨很大，持续了一天一夜，小城好多高点的楼房都倒了，螺河两边的柳树也全都被连根拔起，石像却一动不动，仿佛雨水是打不湿它的——自那以后，我就再没见到我爸了，照片都被我妈藏了起来。葬礼上，听说棺材也是空的，包括我那几个叔伯，人没回来，只放着平时穿的衣物。”

“老师，我真希望你这故事也是编造的，像作家们写小说，编得跟真的一样。”

“我也希望是编的，我还是个中学生的时候，就想过，他有一天会突然回来，他没有死，像电影演的那样，被人救了，去了香港，或过了番边（潮汕话：南洋），然后带着好多钱回来找我和我妈……”

“老师，你能答应我一件事吗？帮我实现个愿望。”

“这算是交易吗？”戴清弢意味深长地看着文鼎。

“你可以这么理解，我的目的却很单纯，就是想出趟海。”

“没问题，找机会我们一起去码头坐游艇。”

“一言为定，你可别食言哦。”

9

戴清弢搜索过文鼎说的两本书，发现两个作者都是自杀死的，现在的一些学生就喜欢看这类颓废的文学作品，这让他隐隐有些担忧。不过那天一席话谈下来，文鼎勇于把事情说开，看来问题真的不大，他应该只是缺少人陪伴，孤傲的性格又使他被孤立了，如若戴清弢真的能找找机会，陪他出去玩一玩，也许就啥事都没有了。

接下来一段时间，文鼎确实表现出少有的开朗，和戴清弢的关系一下子拉近了许多，并时刻暗示他得兑现承诺。这让戴清弢宽心不少，由此还特意请老苏吃了餐饭，邀功似的探讨“问题生”文鼎的近况，跟校长也汇报了喜讯。

毛璐那边，戴清弢倒是看开了，要是她不开口，他就当没事发生，见面了还打招呼，客客气气。可是，有一天，戴清弢在微信通讯录看到一个未读的红点，点开一看，有人申请加微信好友，从微信头像看，是个女孩，昵称毛颖，十有八九，就是毛璐的姐姐了。戴清弢犹豫着，迟迟不敢点通过，他也不知道紧张什么，就是从心里面抗拒，抗拒的不是一个陌生女孩，而是他们获取相识的途径，让他觉得难堪，日后即便真的在一起，也忘不掉由此带来的心理阴影。随后，毛璐也发来微信，是一条语音，语气有些迟疑，至少在戴清弢听来缺了些自如。她说，之前确实有些冒昧，存在一些误会，不过她姐真的很优秀，她也把戴清弢的情况跟她姐说了，她姐很感兴趣，希望能跟戴老师好好聊聊。毛璐的意思是，请戴老师接受下，两人先聊着，成不成就是缘分的事了。戴清弢听着蛮尴尬的，他以前听任母亲给他介绍对象，那是因为给他介绍对象的是母亲，彼此之间没有任何秘密，现在不同，给他介绍对象的竟然是他有过非分之想的女同事。戴清弢也不好意思直接回绝，尽管他心里很烦躁，很清楚这是一次无意义的开始。

戴清弢以前看过一篇网文，说是从微信头像可以看出人的性格，别的他不太确信，不过说一个人的头像如果敢用本人近照，基本上可以断定是个自信稳重的人。戴清弢自从有微信开始，就一直用本人头像，昵称也是全名，没改过也懒得改，那时还怕刚玩微信的母亲认不出他来，现在没这方面的顾虑了，母亲玩得比他还溜，主要还是有点小私心，就是那张头像显年轻，好几年前的了。毛颖这点倒也给了戴清弢一个好印象，加了好友后，他便迫不及待地点开她的头像，只见留着齐耳短发，乌黑的，没染过色，眼镜也是那种传统的金边，显得老土，脸有些大，仔细看五官，还挺精致，和毛璐神似，当然没有毛璐好看。没什么好讶异的，这面容很符合戴清弢对一个小城女教师的想象，他以前读中学时，目之所及，尽是这种形象的女教师，对襟的丝质小衬衣，裤子一般就是宽裤脚，脚上再配一双白色的中跟凉鞋，很旧了，鞋子被笨重的身体踩得歪向一边，要是没穿袜子的话，可以见到她们沾满灰尘的脚趾头獠牙似的爬到鞋子外头，趾甲又脏又丑，那时的女教师还没有染红趾甲的勇气；男教师呢，则是大几号的西装，裤带永远像条绳子一样绑在腰间，屁股上多出一撮多余的布料，裤脚上也是一堆，沾着泥土，他们似乎买不到合适的裤子，长了也舍不得剪掉，黑色皮鞋倒是标配，皮鞋头一般都脱了漆，露出白色的内里……戴清弢那时没想过自己会成为一名老师，小城老师的邋遢形象让他对这个职业没有任何欲望，幸好青元中学让他消解了偏见。

毛颖的性格比她妹妹内向多了，刚开始聊过几句，介绍下彼此的职业，戴清弢故意把气氛冷了下来，她也随之沉默了。也就是说，如果不出意外，他们会继续沉默，直到成为彼此好友圈里的“僵尸友”。毛颖又很少发微信朋友圈，一个月也不见一条动态，这点和戴清弢很像，如此一来，又省了点赞的麻烦，完美地错过对方发圈的时间。

半个月后，学校文学社需要组织一次校外采风活动，带社员们出去走走，写写文章。之前此类的活动一学期举办一次，校长是理工科出身，却是十足的文学青年，年轻时还写过几十万字的长篇小说，上任没多久就组建了编辑部，创办校刊《青树》，并让戴清弢任执行副主编，不用具体干活儿，事情却归他管，采风活动自然也要他牵头挂帅。

说实话，组织校外活动还挺麻烦，如今的学生金贵，关在校内都怕出事，何况是带出校门，因而要征得家长同意，签同意书，还得跟教育局报备，领队责任很大。不过这次，戴清弢却表现出难得的热情，主要是因为他跟文鼎有过承诺，看样子可以通过文学社的活动来实现，一举两得嘛。于是，戴清弢主动跟校长打报告，申请带社员们出趟海，去伶仃岛。这事有些棘手，校长也挺犹豫，海上毕竟不是内陆，不确定的因素很多，当他知道戴清弢跟文鼎有过约定后，权衡再三，最后还是同意了，只是特意要求多邀几位老师同行。

为了采风活动如期进行，戴清弢费了不少劲儿，向校长写保证书，联系旅行社，给每个参加活动的学生和老师买保险，等等。事情很琐碎，很烦人。这与戴清弢平时多一事不如少一事的做派大不相同。老苏他们都笑话他，最近怎么这么卖力，是不是在谈恋爱啊。在他们眼里，戴清弢又谈恋爱的事情肯定坐实了。

最后一天落实名单时，小周提醒戴清弢，把毛老师也叫上吧，文学社有好多女生，有个女老师去要方便很多。戴清弢一听在理，他确实没想过邀请毛璐，既然有必要，就得亲自出马，怕小周去邀请，人家以为可去可不去，一口回绝了，再改口就不太好意思。

戴清弢去舞蹈室找毛璐时，毛璐还以为他是为她姐而去的，第一句话就是："没联系上我姐吗？"

戴清弢尴尬一笑，说明了来意。毛璐当即就答应了，她说来深圳好几年了，看过海，却从没出过海。在毛璐眼里，戴清弢肯定是从小在海里泡大的，他嘴里应着，也没敢说实话。他虽在海边长大，其实也没出过海，连渔船都没上去过。父亲去世后，戴清弢对海有一种恐惧感，别说坐船出海，平时连站在海滩看风浪，他都觉得害怕。想想整个活动的策划，他完全是给自己挖坑，仅仅说是为了兑现他和文鼎的约定，也不全是，说白了，他还有一种破罐子破摔的意愿，觉得无论如何也要和父亲一样，或者说，以类似父亲的姿态，出一次海，哪怕仅有的一次，哪怕吐得一塌糊涂，在同事面前出尽洋相。

毛璐又把话题扯到她姐身上，好像她那么爽快地答应是因为她姐。

“她天天跟我唠叨你，说对你的印象很好，很聊得来。”毛璐一边说话，一边手舞足蹈。

戴清弢有些恍惚，猜想肯定是毛颖为了不让妹妹担心，或者仅仅出自虚荣，骗了毛璐。他自然不能当面拆穿毛颖的谎话，他觉得毛颖还是蛮好的，如若真要结婚，比毛璐还更合适一些。戴清弢还想着，要是以后没事还是主动问个好吧，避免尴尬也好，满足人家的虚荣心也好——他可真是个好人。

“对了，戴老师，我最近在看一本小说，叫《霍乱时期的爱情》，您一定读过，说是一个穷小子喜欢一个富家女，想方设法让人帮他给富家女带信。”

“大学时读过，有点忘了。”

“你就不用我带个信什么吗？给我姐，哈哈。”毛璐突然花枝乱颤地笑起来。

“我们加过微信了。”戴清弢说。

“哦，我忘了啊，你们加了微信。”毛璐低头，突然又抬头看戴清弢，

“我很好奇啊，你跟我姐平时都聊些什么？”

“你姐没告诉你吗？”戴清弢故意这么说，他料想毛颖也说不了什么。

“她是告诉我了，我说平时看不出来啊，戴老师还能那么浪漫，我不信，所以想向你求证，看是不是真的。”毛璐的表情有些生硬，似乎有隐藏的担忧。

“她都说了些什么？”戴清弢继续追问。

“戴老师别紧张，我会保守秘密的，我可要保护好我未来姐夫的声誉啊。”

戴清弢想把实情告诉毛璐，关键时刻又下不了决心，有些迟疑，像是扮演的角色进入了状态，再取下面具就显得有些残酷。他应该早一点儿果断澄清的，他想还是在采风活动中，找个机会再跟毛璐好好解释清楚吧。

10

旅行团的大巴就停在青元中学门口，簕杜鹃开得正艳，校门两面胭脂红的高墙已经快被地锦茂密的藤叶爬满了，远看像是绿色的瀑布。戴清弢每次离校，都会习惯性地回头一望，遮掩在绿叶红花里的校名牌匾，总能给他一种错觉，似乎藏有一双眼睛，正与他对视。

戴清弢早早就到了，周末的校园十分寂寥，除了保安，几乎不见任何人。戴清弢陆续等来了同事和学生，一个个都轻松愉悦，准备充分的样子，大包小包，像是要出去好几天。不过一般带学生出去，是不允许过夜的，也就是说，早上出发，得在天黑之前赶回来，去市内景点还可以，出海去伶仃岛，时间确实有些紧，几乎到了那儿就要忙着往回赶了，真正的旅程无非是来回的行船之旅。

远远地，戴清弢在大巴车头，看见文鼎出现在了十字路口，依然背着个双肩包，行装简易，很符合他一向的性情。无疑，这次海岛之行，文鼎是全队最满足的人，他应该能猜到，戴清弢之所以组织这次活动，就是为了兑现承诺。有一阵子，戴清弢还很担心文鼎会临时变卦，他那样的人喜欢干让人扫兴的事，例如，突然发个微信，说他不想去了，有事；或者，连个信息也没有，直接就不来了，电话也关机了……戴清弢不知道为什么有这样的担忧，也许在潜意识里觉得，这就是为文鼎一个人量身准备的活动吧——当然话不能这么说，否则其他学生就该不高兴了。一直到文鼎的身影出现在视线里，戴清弢才算真正松了口气，他斜站在大巴车门前，探出半个身子，举着手里的花名册，朝文鼎招手。

“这儿呢，文鼎。”

大巴一路开往香洲码头，大家都很兴奋。途中，有学生主动要求唱歌和朗诵，这些学生都品学兼优，是班级里的佼佼者，同时又是文艺骨干，好几个还报了毛璐的舞蹈班。毛老师像是找到了旅途的伴，和她的学生玩一块儿去了。鹏仔最能来事，他竟然为全车人都准备了零食，正逐个座位派送，小女孩们见到平时只能偷偷吃的辣条都齐声尖叫，管鹏仔叫“欧巴”。旅途中只要有鹏仔在，就不用担心缺乏气氛，这小子教书一般，哄小朋友开心那是一流的高手。戴清弢当初拟名单，也都经过考虑，谁在队里都不是闲人，干活儿有干活儿的人，活跃气氛的就需要嘴皮子。采风团甫一出发，车里的气氛一下就爆棚了。整车人看下来，唯有文鼎比较落寞，他故意坐在车尾的位置，正好在正中央，戴清弢一抬眼就能与他对视。戴清弢可不敢冷落这位主角，他故意拿过麦克风来，冲着文鼎喊：

“文鼎同学，你可是我们的文笔担当，这次海岛之行，你要交出一万字的稿子，给到我们校刊，今天咱们校刊外请的编辑也都在，头版头条的位置都给你留好了。”大伙儿都笑着扭头朝车尾的方向看，这时的文鼎倒像个羞涩的小孩，红着脸也跟着笑了起来。

采风团在香洲登上客船，大伙儿对出海并不陌生，有的以前就去过，临时充当起了导游。戴清弢事先备好了晕船丸，登船之前服用了，他有些紧张，毕竟对他而言，是平生第一次。他私下问文鼎，会晕船吗？他带了药丸。文鼎说他暂时还没感觉。船刚出海，海水由黄变绿再变成像天空一样的深蓝，证明他们已经离岸很远了。从海上往回看，码头上的建筑，岸上的高楼，竟虚渺得像是婴孩搭建起来的童话幻境，一步步往大地深处推移，似乎用不了多久，它们就会全部被海水吞噬，陆地都是渺小的，何况城市与建筑，以及那些不足挂齿的人和事……

戴清弢对眼前的景象感到从未有过的讶异，仿佛整个人以跳高的姿势离开了大地，进入了太空，一伸手就能触碰到深蓝的天空、云彩和围着船只盘旋的海鸟，眼皮底下的海水，更多则是虚幻的，它们晃动着，像是气体，说没就没了，跟坚硬的陆地完全不同——人类对海洋的恐惧大概也源于此。世代打鱼的东海城，妈祖庙的香火最为旺盛。戴清弢好像能理解父亲的生活了，甚至想象他们每次出海的情景，他们不会有闲工夫欣赏美景，在他们眼里，大海就像一块巨大的砧板，既提供食材，也充满杀戮。这么多年来，戴清弢一直不敢想象父亲他们被风浪吞噬的场景，那是作为一个人最为无力的时刻，海水吞噬他们就像吞噬一滴水、吸一口空气。哪怕是嗑到一粒沙子，都会硌牙，可是吞掉一条渔船和那些所谓的“赶鱼人”，一点儿感觉都没有吗？这么多年了，大海连一根骨头都没往外吐。

戴清弢一想到这里就浑身打战，他双手紧紧地抓住船舷栏杆，头开始眩晕起来。

戴清弢转眼看见文鼎正倚在栏杆上看海。时不时，他会在人群里搜索文鼎的身影。出行的团队中，早已自行组成了若干小团队，拍照聊天，分享食物和防晒液，唯有文鼎是落单的——文鼎也“中意”落单的状态。戴清弢没有必要刻意打破，他只是用目光关注着，适当之时，也会给文鼎制造存在感，如当众喊他的名字，让他成为众人聚焦的对象。

“没事吧，戴老师？”毛璐不知道什么时候来到了戴清弢身边，正朝身上裸露的皮肤喷洒防晒液。

“没事，我是海边长大的。”戴清弢挤出笑容。

“我看不像。”毛璐狡黠一笑，不过她很快转过头去，用手指着远方海天相接的地方，“朝那儿看，据说能看到香港的码头。”

戴清弢是近视眼，即便戴着眼镜，也看不太清楚。岛屿的身影倒是在前方浮现了，一个大岛，身边点缀着不少小岛，像是上帝散落在海面上的面包，大岛像大面包，小岛就是小面包了。能看见陆地，这让戴清弢悬着的心突然踏实了下来，像是落水者扒拉的双手终于抓到了飘浮物。他一下精神上头，问毛璐：“毛老师这么熟，你来过吗？”

“没有，第一次，昨晚突击百度了一下，多年养成的好习惯，旅游之前都要收集目的地的资料，不做无准备的战斗。”毛璐抖了抖背上的大背包，“你看，我连帐篷都带来了，准备来个沙滩觉，要是能在岛上过夜就最好了，网上的旅游攻略说，夜晚的伶仃岛最美了，晚上躺在沙滩上看星星，像是在宇宙飞船里看太空呢。”

11

客船离海岛越来越近了，学生们激动得大呼小叫。

这不是一座荒岛，作为旅游景点，如若不考虑位于海中央的特殊位置，也算是一座小城了，至少比东海城还要繁华一些。时下是春分，旅游小淡季，岛上码头泊满了渔船和客船，沙滩上的人影不算太多。登岸后，他们在导游的带领下走过天桥，来到了一处旷阔的沙滩，能望见更远处的海面上作业的渔船，和小面包一样散布的小岛。

事先计划，也就带社员们来感受海岛的海景，危险性的项目是不被允许的，比如攀登和下海。除了沙滩，大概也就只能在岸上逛逛海鲜街和卖各种纪念品的店铺。

时间还早，天气很好，戴清弢能理解大伙儿急切的热情，他临时起意，建议把采风团按师生比例分成三队，喜欢沙滩的留在沙滩，喜欢逛街的可以逛街，还有一部分可以组队环岛步行。午餐自行解决，下午约定时间集合即可。大伙儿都赞同，戴清弢也为自己的领导能力感到满意。毛璐眼疾手快，已经在沙滩上安营扎寨了，只见她又是搭内帐、盖外帐，又是扎地钉、铺防潮垫、吹充气枕头、整理睡袋，动作娴熟，一看就是露营的老手。

“谁要留在沙滩上的，跟着我哈。”毛璐举手招呼。

留下的多是女生，这也符合戴清弢的设想。鹏仔则带领部分学生上岸购物去了，他们准备吃一餐丰盛而独特的午餐。剩下几个，看来都是跃跃欲试准备徒步的，一看就是硬汉，身上没几块肌肉做不来，其中包括文鼎。环岛徒步肯定是性价比最高的海岛之行，眼看海岛比小城还要大，环绕一周不现实，围着某个山头走一圈倒是没问题。

“那我们出发吧。”戴清弢看了文鼎一眼。

文鼎的眼里放着兴奋的光芒。

环岛的路径已经修筑好了的，没有经过车轮碾压的水泥路面显出一种粗粝感，道路两边是整齐的石柱栏杆，顺着山势蜿蜒，不时能赶上同行的游客。登上高处时，俯瞰海面、码头渔船和位于山海之间的小楼群，还真的比躺在沙滩上和逛海鲜街要更为值得。沿途遇到不少废弃的矿井和不避人的猕猴。

“二十世纪八十年代，岛上曾出产锡矿，驻岛部队生活在这里，一年才能乘船回内陆一次，当然了，那时的深圳，也就是一个边陲小镇，比这儿好不了多少。”文鼎和戴清弢并排走着，看来他也事先做足了准备，对岛屿了如指掌。

他们登上一段曲折陡峭的石条台阶，两边长满了绿色灌木，偶有成排的木麻黄，很高挺，小枝细软，像米粉，落满一地。翻过眼前的小山头，往下走时，视野比之前更为开阔了，如果视力足够好，不但能看见香港的码头，估计连街道也可以看见。沿途崖壁上有文天祥《过零丁洋》的摹刻，文天祥当年兵败被俘，过伶仃岛时咏叹“人生自古谁无死，留取丹心照汗青”，想想挺悲壮。不知从什么地方响起一阵噼里啪啦的鞭炮声，约摸在巨石后面的海滩上，那儿正升起白色的烟雾，很快，一股硝烟味就顺着海风被吹送过来。

“应该死过人吧，海难，或下海游泳淹死了。”戴清弢抽上了烟，“我小时候也经常被我妈带去海边祭拜父亲，上大学后就没有去过了。”

“能给我根烟吗？”文鼎笑着，自从登岸后，他脸上一直带着微笑，和在船上时的凝重截然不同，可能是从晕船的不适中走出来了，戴清弢却躲过一劫，不知道是行船人的基因使然，还是事先吃的药物起了作用。

戴清弢迟疑一下，还是给了文鼎一根烟，幸好其他几个男生都跑前面拍照去了，没见着。

“你刚才在船上想什么呢？”戴清弢问。

“没什么啊，”文鼎大大吸了一口烟，不过看起来像是在吸一口海岛新鲜的空气。有鸟群在他们头顶上掠过，又飞到另一座矮山上，栖在一片深绿色的树木间，像是落了雪。文鼎的眼神顺着海鸟落脚的方向看过去，“我在想，你爸爸，真的死在海里了？”

戴清弢没说话，倒不是怪文鼎冒昧，只是不想再提起父亲的事情。出海之前，他觉得死于海难和死于病痛，其实也没什么区别吧，反正都一样，两眼一闭，化为虚无。现在他觉得还真不一样，起码他可以确定，父亲的骨殖还在海底的某个角落沉寂着，哪怕被大鱼啃食，哪怕被海水浸泡腐烂，他的身体总有骨肉，总有筋血，总有细胞，总有基因，顽强地残留在这片海域里。理论上讲，眼前的伶仃洋和东海城的海，在地球之外俯瞰，也就咫尺之遥。这么多年，父亲的魂魄说不定都漂浮到岛屿之上歇息过好多回了。

“你也应该下去放一串鞭炮的。”文鼎站住了脚，看样子他很严肃，不是开玩笑。

戴清弢一愣，显然，他们俩想一块去了。文鼎真是个聪明的孩子，敏感多思，却又不像其他孩子那样咋咋呼呼急于表现。

“你真觉得那是为死人放的鞭炮？”

“就当它是吧，其实岛上早在二百五十年前就有原住民了，据说都繁衍了两千多人了，他们生活在这儿，跟你们生活在海边小城，有什么区别呢？

同样有不为人知的苦难和故事。”

“难以想象他们在这里怎么生活。”

“我觉得挺好啊。从太空上看，亚欧大陆不过是更大的岛屿，您说是不是，戴老师？”

“理论上是，实际上又不是。”

“我劝我妈说，跟他离婚吧，往大了看，人生几十年，跟个男人和不跟个男人，不都是一样过吗？我妈也这样回答我，她说，话可以这么说，不过也不能这么说。”文鼎哈哈笑了起来。

“像你这样劝父母离婚的还真不多见。”

“没办法啊，离离合合，总好过生离死别。”文鼎皱眉看着天空。

时间已是中午，他们在山道的石头上休息，各自拿出包里准备的食物和水，简单却也快乐地吃了个午餐。几个学生带的全都是零食和饮料，只有戴清弢带了份额足够的面包和水。文鼎的包里连零食都没有，除了手机、充电宝，还带了一本深蓝色封面的书。戴清弢一看，还是台湾已故女作家邱妙津的作品，只是这本不是《蒙马特遗书》，而是《鳄鱼手记》。戴清弢之前查过资料，一九九五年，邱妙津在巴黎的留学生宿舍自杀，年仅二十六岁，这个女作家死之前就写了两本书。现在戴清弢有底气跟文鼎聊聊了，他知道邱妙津是个同性恋，她的书也成了女同必看的经典。

“文鼎你怎么喜欢看同性恋写的书？”戴清弢半开玩笑，一块面包嚼在嘴里，声音含糊。

其他几个学生都惊愕起来，纷纷扒开文鼎的包，要看个究竟，看来他们对同性恋的话题都很敏感。

“别误会，我可不是同性恋。”文鼎把同学的手挡开，“没你们想象得那么恶俗好嘛，邱妙津太有才了，比课本上好多作家都写得好，大概有点不一样的人才能写出不一样的文字，老师，你说是吧？”

戴清弢点头，表示默认。

“说实话，我还挺感兴趣的。”文鼎把书从包里拿出来，看似随意翻开一页，也可能刚好读到那儿，念道：“鳄鱼从小到大暗恋过的对象，集合起来大概有一卡车那么多的人吧，鳄鱼像是快乐运猪的卡车司机。从同班同学朝夕相处的人到有口臭的漫画店老板、玩具部小姐或者晚上穿着汗衫收垃圾的‘咿哟’年轻人，光是牙医师就有三个，同班同学的种类算最多，有擦黑板、抬便当时看上的，还有一个是对方午睡流口水时发作的，族繁不及备载。鳄鱼的卡车开过这些它暗恋的人身边时——根据精致独特的品位，把他们收集到车上。”

“什么呀，这是童话故事还是爱情故事？”其中一个同学问。

要是平时，文鼎会给“无知”的同学一个白眼，眼下没有，他笑着把书合上了，重新装回双肩包里。

戴清弢说：“收拾东西，走吧，要不天黑都赶不回渔港。”

12

晌午过后，天空就有了些变化，戴清弢没在意，以为只是海岛正常的现象。待他们绕过半边海岛，开始从另一处海滩返回渔港时，天气变坏的征兆就很明显了，先是天边开始翻卷起厚如棉团的乌云，海风也越吹越大，帽子得捂住才不至于吹跑，穿了防晒衣的同学啪啪啪的像是要起飞。

“怕是要下雨了。”戴清弢喊着，不由加快了脚步。

他忘了查询天气预报，以为来回也就一天，不会遇上坏天气，晴朗的天气已经维持一段时间了，让人误以为不会轻易转变。要是下场雨，小雨，哪怕大雨，倒也没什么，还可以增加旅途的情趣。戴清弢怕的是台风，清明前就起台风虽不多见，但也不是没有，何况是在海岛上。戴清弢招呼学生们跟上，一路小跑。西边的云层开始出现猩红色的鳞状云片，比黄昏的夕晖来得早，这几乎是海边人都懂的台风到来之前的预兆。

从沙滩一路返回渔港，海水的颜色也从暖黄色变为冷蓝色。戴清弢在游人里寻找团队，具体是寻找毛璐和鹏仔。突然变坏的天气让游人表现出异常的兴奋，他们到处游走，大呼小叫。海滩上的帐篷又都大同小异，戴清弢一时认不出毛璐的帐篷。倒是先找到了鹏仔，他正领着学生在岩石边的海鲜店烧烤，看样子刚从海里泡澡上来，头发和泳衣都湿漉漉的。戴清弢走近一看，除了香肠和鸡翅，他们还烤了刚从街上买来的青口和鸡爪螺，能闻到一股新鲜的味道。

鹏仔一眼就从琳琅满目的帐篷里辨出毛璐来，他说：“师父你看，毛老师最喜欢淡紫色了，防晒服是淡紫色的，帐篷是淡紫色的，她的脚趾甲也涂了淡紫色。”鹏仔做了个意味深长的鬼脸，戴清弢服了，在这方面，他还真是鹏仔的徒弟。两人掀开毛璐的帐篷时，差点儿出了糗，毛璐和女生们正在里面说话，都穿着泳衣呢。他们连忙缩出脑袋，鹏仔吐了下舌头，傻笑着，戴清弢故作镇定，叫毛璐出来，商量怎么应对这骤然降临的坏天气。

过夜是不行的，尤其在海岛上，带了这么多学生，还有女生，更是不方便，家长那边肯定说不过去。以防万一，只好在天气完全变坏之前提前返程，这是戴清弢的意思，他是领队，当然可以下决定，只是顾及同事的感受，还是商量下比较好。毛璐和鹏仔看样子都比较扫兴，他们玩得正开心，如果只是下场雨，应该影响不大，欣赏雨中的海岛绝对是意外的惊喜，毛璐的帐篷正好派上用场——她还因此兴奋起来。不过最终还是得听领队的，毕竟事关学生安危，出了事谁也承担不了责任。

戴清弢立马联系导游，问船运的情况，导游说正想给他打电话呢，刚接到紧急通知，岛上的船运都暂停了，海上起风了，万山群岛就这样，天气说坏就坏，恢复船运估计最早也要等到明天了。戴清弢的头嗡的一声响，不知如何是好，他问导游是否有办法沟通，说他们情况特殊，不能过夜，得赶回去。导游操着一口白话腔的普通话："没办法啊，为了安全，更加不能回去啦，万一途中有什么不测，那就更不好啦，还是在岛上过一夜，比较保险，放心啦，戴老师，我跟社里沟通，旅馆和晚餐的费用，到时会打个折。"

费用这一块，倒不是戴清弢担心的，学校有钱，不是出不起，眼下迫切的，就是如何把带出来的学生都按时按量奉还给各位翘首等候的家长。戴清弢也是明理之人，既然如此，他不再为难导游，只好回头，做留宿的准备工作，首先得向校长如实汇报。

情况就是这样，校长也没办法，只好交代几位老师，打起精神，照顾好学生，天黑之前，确保每一个学生都住进旅馆，不得外出；还有，得让每个学生都跟家长保持联系，说明情况，有异议和情绪的家长，戴清弢负责解释并做好安全的保证。

戴清弢先是跟导游确定好住房和晚餐事宜，接着才把采风团的成员召集在一起，点数，确保没有遗漏，跟大伙儿说明情况时，他们竟兴奋得差点儿跳起来。好在多数家长都能理解，少数几个有疑惑的，戴清弢一解释也就明白了，没遇到阻碍和困难，这让他暂时松了口气。只要确保起风时没什么意外发生，明儿天气好转，大伙儿还能上伶仃峰看日出，因“祸”得福，没有什么大不了的。

这些学生里面，此刻让戴清弢觉得最为放心的，反而是文鼎，他甚至连电话都不用打回家。戴清弢心生一种相惜的情绪，开始在人群里寻找文鼎的身影。这孩子凡事喜欢落在众人背后，看似是个被遗弃的对象，实则他是站在远处冷观。戴清弢来到文鼎跟前，问他给家人打过电话没有。文鼎摇头。“没问题吧？”戴清弢问。文鼎抿嘴一笑，说道：“能有什么问题，他们都不知道我在哪儿，再说这时候他们正忙着摆摊，哪有时间搭理我。”戴清弢想想也是，这个平时问题最大的孩子，到了岛上，却成了最没问题的人。这种差异让他觉得很怪诞，换了个环境，情形就截然相反了。戴清弢站过去，用手搂了搂文鼎的肩膀，说道：“晚上我请你吃烧烤。”文鼎却说：“算了，晚上我想看书，带的书还剩几十页，我想把它看完。”“也是，海岛之夜，最适合读书了。”戴清弢冲着文鼎笑，文鼎也回了一个热情的笑容。

安排好住宿，晚餐定在海边的海鲜大排档，大家吃过新鲜的鱼虾，到岛上公园散会儿步，这时天还没完全黑下来，满是红色的云层，以至整个海岛乃至整个世界都蒙上一层底色，是大风将至的样子了。浪涛声越来越大，观海亭的灯火亮着，有些冒险的游客正在拍照留念。暮色下的海面面目模糊，看着不像是大海，倒像是挡在前面的一堵巨墙。这让戴清弢想起他和毛璐之前谈到过的电影《楚门的世界》，楚门最后选择从大海出逃时，结果海上竖起了一面透明的巨墙。眼前的巨墙不是透明的，有一种混沌的厚重感，就是不知道，岛上滞留的人，是否都是楚门？

趁着台风到来之前，戴清弢得把学生们都安排进旅馆，再三交代不能外出，尤其不能下海，好在景区也做足了防范，开始封闭环岛和下海的路径，不过真要冒险，再怎么样，还是挡不住人的好奇心——戴清弢得确保万无一失。

天黑以后，大风就起了，整个岛屿瞬间成了风浪中任意击打的浮舟。戴清弢躲在五楼的房间里，甚至能感觉楼体的摇摆，并快速地在海中移动，看似是一座楼一间房的移动，却又是整个海岛和大地的移动。这种感觉让他既兴奋又恐惧，兴奋是因为从小经历过无数台风，从没有过这种脚不着地的缥缈感，即便是临海的小城，但因紧连着大地，大风没办法将小城推移——现在不太一样，他们停滞在小小的海岛之上，就算万山群岛有几十座之多，也不过是上帝撒下的面包屑，愤怒的风浪要吞噬一地面包屑还不就是伸伸舌头的事情。

这座看似庞大的岛屿，在大海眼里，不也就是一艘小小的渔船吗？是的，就像当年父亲他们趁着大风出海赶鱼的那艘渔船，老旧而破败，滞留在岛上的人，此刻都成了英勇的“风台赶鱼人”，等待他们的，要么是雨后天晴的惊喜，要么就是万劫不复的覆灭。

戴清弢躺在床上，不知道干什么好，窗外咻咻的风声和杂物挨着地面滚动最后撞击在硬物上的声响，还有熟悉的大树被拦腰截断的声音，像是骨头在身体里豁然断裂。浪涛肯定被大风卷起来，和楼层一样高了，即便戴清弢住在五楼，还是能感觉海浪的舌尖都快舔到窗户的玻璃了。戴清弢起身走到窗边，战战兢兢的，贴着紧闭的玻璃往外看。窗户的位置刚好面向大海，所以从他的角度看过去，倒像是大船的掌舵人，大船正破浪前行——是的，父亲说，冲过大浪，肥美的鳗鱼就像一群好雅的姿娘（潮汕话：漂亮的女人），它们会纷纷跃出海面，成群结队，能不能把它们都俘虏进舱，就看能不能冲过这道巨浪的屏障了——父亲在无数次的成功之后，终于失败了一回，唯一的一回。戴清弢感觉他也即将面临失败了，他没有信心和勇气带领船员冲过眼前这道天幕一般的巨墙，就像楚门最终没法逃离上帝设计好了的“世界”。

戴清弢快速离开窗口，他坐回床边，突然想起要给母亲打个电话。

电话通了，母亲焦急地问：“没什么事吧，怎么这时候打电话？”

戴清弢确实没有晚上打电话回家的习惯，他们似乎约好了的，电话只在白天打，晚上的电话，总有一种不祥的感觉，就像当年，码头报丧的电话，也是晚上打到家里的。

“没什么，我只是在想，离清明不远了，今年我想回去，陪你去海边拜一拜。”

电话那端沉默了好一会儿，戴清弢知道母亲正在偷偷抹泪，无声地。

“孩子，”母亲说，“可以的话，把女朋友带回来吧，给你爸看看。”

戴清弢“嗯”一声，挂了电话。房间里灯光幽暗，他横着身子躺在白色的床单上。不知道什么时候，他在嘈杂的风浪声中睡了过去。睡梦中，做了一些杂七杂八莫名其妙的梦，他梦见台风过后，岛屿狼藉的局面竟像极了生活过的小城，螺河两边倒满了柳树和榄仁，马街上堆满风儿从沙滩上吹上来的砂石，店铺卷帘门和悬挂的招牌都随风晃动，码头上，愤怒过后的大海出奇的平静，除了花岗岩的妈祖石像，几乎见不到一样完整的物件，所有渔船都碎成了板块，漂浮在浅海面上……梦里戴清弢再仔细一看，海面上除了渔船的残骸，还有密密麻麻漂浮的尸体，除了父亲和叔伯，更多趴在海面上的背影，陌生而熟悉。

戴清弢吓出一身冷汗，从睡梦中醒了过来，他还躺在白色的床单上，只是半夜停电，空调停了，汗水把身下的床单都濡湿了。他起身，伸了伸酸痛的腰身，来到窗口，天刚蒙蒙亮，只是风真的停了，海面上安静得像是婴儿睡着时肥嘟嘟的脸，很奇怪，海面很干净，竟看不见一点儿漂浮物，也许大风把它们都带到更远的肉眼看不见的地方了。

与昨夜相比，清晨的岛屿安静得让人产生幻听。戴清弢已经完全清醒，他睡不着了，电还没来，房间里闷热得待不下去。他先是洗了个冷水澡，换了身酒店预留的睡服，开门出去，想看一看，一夜大风到底把岛屿摧残成什么样了。

戴清弢刚一出门，在走廊的拐角处，就看见不远的房间也溜出一个人影，偷偷摸摸的，有点见不得人。他干脆在拐角处站住，探出头仔细一看，从后脑勺的形状分辨，可以确定就是鹏仔。戴清弢记得鹏仔的房间在三楼，他出来的房间，如果没记错的话，应该就是毛璐的房间。戴清弢的大脑突然升腾起一阵热血，他知道是怎么回事了，原来同事之间私下传的谣言不是谣言，鹏仔和毛璐真的有不可告人的关系。他们之所以不敢公开承认，可能在毛璐看来，鹏仔还是个比学生大不了几岁的小孩吧，玩玩而已。戴清弢心里很不好受，像是被人按下一颗图钉，怎么也拔不出来。他在原地站了许久，不想出去了，转身往房间里走，趁着天色还早，他想再睡一觉。

再次醒来，戴清弢是被毛璐的来电吵醒的，天已大亮，日光耀眼，手机的铃声急燎而持久。

戴清弢抓起手机接听，率先听到毛璐急促的喘息。

“戴老师，你知道文鼎去哪儿了吗？”

“不知道，怎么啦？”他一骨碌坐了起来。

“所有学生都出来集合了，唯独没见着他，跟他住一个房间的同学说，昨晚文鼎似乎看了一夜书，早上起来发现他没在房间，床上的被子和枕头都好好的，像是没动过……”毛璐越说越急，以至于最后都说不下去了。

戴清弢脑袋里哐当一声响，像是某个重物突然落地，他觉得应该还在梦里，没事的，等会儿——等会儿就醒了。

风台赶鱼人

珍稀之物

旁观害羞者

珍稀之物

1

想起来，都有些后怕。戴清弢几乎是逃着离开的，街上飘着绒毛一样的细雨，冷得让人有些打战，他刻意控制好脚步，尽量让自己看起来不像一个有事的人，但还是感觉街上的人都在看他，像是他头上戴着一顶奇怪的帽子，或是脸上沾上了什么东西。

那个海南姑娘，反正她自称是海南姑娘，不过她看起来很白，也可能是灯光的缘故，他印象里海南姑娘应该很黑，那里没有冬天，一年四季都算是酷夏。她说，年底了，查得严，你最好还是少来。

少来？戴清弢差点儿要为自己辩解，他是第一次，第一次，没骗人，就是第一次。他还真是踩了狗屎运了，第一次就遇到警察查房。房间里的灯亮了起来，他以为海南姑娘磨磨蹭蹭又要出去拿什么东西，他看见她坐在床边，面色紧张，“怎么啦？”他问。“没事，你就这样趴着。”他只好乖乖地趴着，一次性的蓝色短裤硌得他很不舒服。“没事的，他们只是走个形式，走人了。”海南姑娘的声音都在发颤，不知道是因为冷，还是因为紧张，她穿着短裙，工作服，必须得这样穿，戴清弢刚一上来，忍不住就摸了一把她的大腿，像是触电一般，把她给激灵了一下。

戴清弢意识到情况有些严重，他想坐起来，伸手去桌面拿烟和手机，就这一瞬间他甚至都想好了，如果真被带走了，像新闻上那些狼狈的家伙一样，他能联系去警局保自己的人是谁。不过他还得故作镇定，他不能在海南姑娘面前丢脸啊，尽管这本身就是件十分丢脸的事。“要不，坐着聊会儿天吧，”他说，“聊天总不犯法吧。”“按摩也不犯法啊，躺着，没事的。”海南姑娘越强调没事，他越觉得有事。“要不，算啦。”他突然跳了起来，赤着脚跑过脏兮兮的地毯去电视机下面拿衣服，天冷，他穿得有点多，矮柜上堆了一堆，纯棉底衣，秋裤，还有羽绒外套，他得按顺序来，不能乱套。

“真走啦？”海南姑娘说，“不过钱可少不了哦。”他知道海南姑娘指的是什么，他不就是冲着这所谓的服务来的嘛，他当然知道钱少不了，可他没兴致留下来扯这些，这儿又不是百货商场，他只想离开。这鬼地方！

身体上油腻腻的，刚刚海南姑娘给他做了全身推油，都来不及洗了，棉质底衣直接跟皮肤黏在了一起，像是小时候跟着老妈去码头晒章鱼头，一脚踩在沙滩的水母上，鼻涕一样的黏液还从趾缝里挤了出来……戴清弢打了个冷战。

2

尽管是虚惊一场，戴清弢还是觉得一天的心情被搞坏了。

前天晚上，同事几个约去西湾烧烤，庆祝寒假到来，同时把唐瑜终于找到男朋友的事也庆祝了。大伙儿心情都很好，啤酒喝得有点过量，戴清弢一眼扫过去，才发觉在场的七八个人都是语文组的骨干。说实话，戴清弢有点失落，失落倒不全是因为唐瑜交了男朋友，更多是他竟然是当晚才知道的，也就是说，他们语文组人人都知道的事，只有他不知道。

戴清弢跟唐瑜谈过恋爱，更准确讲，还不能上升到恋爱的程度，其实就是双方在同事们的撮合加起哄下，彼此有了好感，一起看过几场电影吃了几餐饭。当时唐瑜刚毕业，来他们学校实习，青春活泼，青涩得跟个李子似的，面上还蒙着一层白霜呢。戴清弢都奔三的人了，看着不能说被酸到流口水，至少那心也是扑通扑通撞。后来不知道怎么就分了，反正也是几年前的事了，戴清弢不太记得了。当然啦，没所谓的开始，也就不会有所谓的结束，一两个月看下来，戴清弢发觉唐瑜这小姑娘并不是来真的，她是闹着玩呢，具体点，其实也是顺水推舟，借着劲儿，既能骗吃骗喝，初来乍到，又能得到戴清弢这些个“老油条”提点帮助，何乐而不为呢？戴清弢大概也就是知难而退了，渐渐也不再当回事儿了。

再怎么无所谓，心情也好不了，本想去放松一下，结果还差点儿出了大差错，要是真出事，风声走漏，他在学校还能混吗？只能收拾包袱走人了。

老妈倒是希望他回老家，说东海这些年弄得跟香港似的，你在深圳混到现在，别说房子买不起，连个女朋友都还没有。老妈对他是越来越失望了。

说起来真丢人，同学里有些混得好的，公司都上市了。一到年底，有些事能不参与就不参与，比如同学会，比如回老家，前者怕见着有钱的同学，不知道是先过去打招呼还是等他过来打招呼，后者是怕见到老妈，这中年丧夫的苦命人盼抱孙子都盼疯了。

连续看了三部电影，奉俊昊的《杀人回忆》，金基德的《空房子》，李沧东的《密阳》，近来戴清弢喜欢上了韩国电影，喜欢韩国演员宋康昊，那家伙往镜头前一站，像极了老家码头某个叉着双手一脸坏笑的渔场管工。如果不是因为肚子饿了，戴清弢还没能从电影的氛围里缓过神来，他随便在美团App上叫了个外卖，接着查微信的通讯录，看谁可以聊几句。楼下又有人吵架，啪的一声巨响，摔了一个玻璃瓶，戴清弢都能根据响声分辨出玻璃瓶是摔在水泥地上还是摔在湖北夫妇开的理发室的大理石门槛上。他所租住的房子，由于楼层高，几乎能听到整个城中村的所有声响，有人吵架是经常的事，两个收垃圾的同时盯上一个纸皮箱子，就足以吵一架；偶尔也打群架，通常是街上烧烤摊的员工和社会混混……地铁11号线走到这里也刚好从地里蹿出来，宝安机场起飞的飞机越过头顶，正要飞得更高，他同样能准确无误地分出地铁和飞机的声响，前者沉闷，像是隔了层水，后者霸道，唯恐人不知。戴清弢总是神经质地希望哪一天会有一架飞机从头顶上方掉下来，把这个城中村砸得稀巴烂，反正这里生活着一群他一点儿也不喜欢的人。

刷微信滑到唐瑜的名字时，戴清弢停了下来，犹豫了半会儿，滑上去了，又滑下来，点开微信，发消息，没想好要说什么，该是祝贺呢，还是恭喜？最后他打下一行字：“男朋友是干什么的？”搓着指头又犹豫了一会儿，才发送过去。等了几分钟，一直没见回复。戴清弢竟然有些紧张，他退出来刷微信朋友圈，心里却想，她大概也在犹豫，微信貌似让人与人的距离更近，其实如果不是关系太过亲密，谁的信息来都不会立马回复，仿佛得故意人为拉开来点距离，以达到一种相处的平衡，要是唐瑜突然回复，戴清弢也会感觉诧异，就像她在等着他的问题似的。好吧，中文系的人几乎也等同于心理系，戴清弢不写小说，却时刻在揣摩人的心思。

十分钟，是回复一个无关紧要的微信间隔的最佳时间，早了突兀，晚了怠慢，十分钟就刚刚好。凡事只求刚刚好，这几乎也是他们这伙儿人民教师的职业病。

果然，唐瑜的回复准时到达，手机叮的一声，戴清弢点开一看，她回复了两个害羞的表情，外加三个字："公务员。"戴清弢的脸刷的一下红了，像是被谁当众羞辱了一把，他也不清楚怎么会有这样的感受。他没再回复，她也就此沉默，心照不宣，像在玩一场暗中角逐的游戏。

3

幸好还加了海南姑娘的微信，戴清弢渐渐从那个幽闭空间所产生的恐慌情绪里解脱了出来，回头想自己几小时前的仓皇失措确实有些小题大作。戴清弢花了"特殊体验"的钱，却没有得到"特殊体验"，这让他此刻面对海南姑娘娇滴滴的微信时，有点悔恨莫及。他想在海南姑娘的微信里得到补偿，哪怕是一些看似恶劣的暧昧和调情。

海南姑娘的回复倒是迅速，看样子真像是在等着他的微信。

人还真是贱种，面对唐瑜时犹豫再三，斟酌词句，到了海南姑娘这里，就什么下贱话、恶心话都喷口而出了，活像一个街头流氓，如果让对方知道说着这些话的竟然是个为人师表的中学语文老师，该作何感想？海南姑娘看起来也就十七八岁，长得一张娃娃脸，每说一句话都会伴随一个尴尬的表情收尾。戴清弢面对微信，还能想象出她那让人难忘的神态。

烟抽完了，房间里顿觉清汤寡味，戴清弢的烟瘾不大，他在学校不太抽，校长也下了死命令，不能抽，否则发现一次罚款一百元。他大可趁机会把烟戒了，要命的是他跟一个烟鬼住一起，两房一厅的大房子，学校宿舍满员，他领着一笔补贴出来租住，小区房租不到，索性在城中村租了个大套房，一个人又住不了那么大，空旷得让人发慌，便在网上招了一个合租者，是一家外企的白领，没什么不良嗜好，就是爱抽烟。戴清弢想着与其被别人毒死还不如主动点，于是他一回来，几乎烟不离手，烟瘾也特别大，看样子像要把在学校少抽的补回来。戴清弢合上电脑，准备下楼买烟，在客厅遇见合租者刚好下班回来。两人平时很少说话，遇到也是点下头算打招呼，戴清弢喜欢这样清淡的交际，他才不喜欢跟一个话痨住一起。

这会儿合租者看起来心情不错，他率先说："弢哥要出去啊？"

"出去买包烟。"戴清弢说。

"我这儿有，不用下去买。"说着合租者拉开手提包，抓出两包蓝色利群。

刚好是戴清弢抽的牌子，看样子没有理由拒绝。

戴清弢拆了烟，分给合租者一根，如果没记错，这是他第一次给他分烟。两人在茶几前坐了下来，一时也找不到话题聊，只是简单地问问年底忙不忙，过年回不回家。戴清弢一时想不起合租者的名字，这让他有点不好意思，好在对方灵敏，立马插话："弢哥，叫我小陈就行了。"小陈倒是对弢哥不陌生，知道他是附近中学的老师，老师好啊，小陈可羡慕了，有暑假还有寒假，早早就可以放假回去过年。小陈表现出意外的客气，这让戴清弢有些迟疑，要说羡慕，他还羡慕那些能在社会上抛头露面的人，那样看起来更像是城市的一分子。新闻上说，深圳市野生动物资源局公布了五种新物种，分别是刘氏掌突蟾、白刺湍蛙、颈槽蛇、角蟾和后棱蛇，戴清弢有时感觉自己就像是这些还没被发现的珍稀物种，躲在暗处，等待着被人发现和待见。

戴清弢觉得再聊下去两人都得陷入无话可说的尴尬，他起身回屋，却感觉小陈有话在嘴边，他回头问："小陈，没其他事吧？"小陈这才勉强一笑，神情竟像极了那位海南姑娘，他们身上都有年轻人的迟疑和羞涩。小陈站起来说：“是这样的，弢哥，我女——朋友过段时间要来深圳找我，想借住这里几天，最多住到过完年，她就会出去找工作了，不知方便吗……”还没等小陈说完，戴清弢就说：“没问题。”“吃人家嘴短”，要不是抽了人家的烟，戴清弢估计不会答应得这么爽快。

4

不过事情一说就忘了。

刚放假，有几位家长联系戴清弢吃饭，他都婉拒了，他知道吃饭意味着什么。同事在附近小区开了家作文辅导班，请他每周去上节课，钱不多，他倒是乐意帮忙，至少让自己觉得有件事情等着去做，否则长时间无聊，他害怕会抑郁。有一段时间，他怀疑自己就是个抑郁症患者，他在网上搜出这种病的症状，发现百分之八十都对得上，比如没什么事干的时候，他可以一整天关在屋里踱步，口中念念有词，一根接着一根地抽烟，一个假期下来，他的肺部肯定被熏成一个像沤过雨水的干丝瓜芯。这也是刻意想象的结果，属于抑郁症的症状之一，过度敏感，凡事不惮以一种最坏最恶劣的姿态在假设和对待。

辅导班每周六开课，戴清弢上午准备PPT，下午去上课，一个小时讲下来，倒也不算累，来听课的大多也是中学生，他们一个个如饥似渴，听他讲鲁迅、讲沈从文、讲卡夫卡、讲马尔克斯，他越讲越觉得虚伪，如借着先人智者的名义行骗。下了课，同事随即把当天的讲课费转他微信，他接收转账的那一刻，竟然有种负罪感，急于把它花掉，于是去天虹二层吃了顿肥羊火锅，接着看场电影，一天的讲课费就花掉过半了。这样还不行，他还得下到负二楼的超市，选购一大袋零食。如此这般，才觉得一天的工作算是结束了，可以回家了。

步行回去，也就半里路，他嫌这路有点短，便绕到金海街的另一端，拐个圆圈，才往租住的城中村走。这样一来，他就得经过海南姑娘工作的地方，那地方有个挺洋气的名字，叫维多利亚，和满街的湖南大碗菜、重庆火锅、老西安极为不协调——他甚至怀疑她是否能在楼上窗边看见他路过的身影。不过也无所谓，他已经羞于回忆，与海南姑娘偶尔的微信互动更多成了一种心理需要。

微信里，海南姑娘说她回海南过年了，海南比深圳暖多了。

戴清弢明显感觉到街头的人流在骤减，这情形他不陌生，在深圳过过年的都知道，没有哪个地方的年过得比深圳更冷清了。迎面遇到几个推着拉杆箱、背着大背包的中年人，或许是某处工地的工人，他们脚步匆忙，像是进行一场大撤离。戴清弢迅速避开他们。是的，他们，戴清弢用“他们”来撇清这件事与自己的关系，或者说，戴清弢和他们没关系，一点儿关系也没有，他和他们是不一样的人类。这是他一直比较固执的想法，按理他不应该这样，他也不是本地人，他的家乡远在东边好几百里外的海滨小城，那里人一日三餐都是海鲜，把吃河豚当作是稀松平常的事情，偶尔听闻哪里有人吃河豚中毒死了，在传这个事情时人们就在餐桌上吃着鲜美的河豚肉或者舀一匙浓香的河豚汤——小城的人为了吃宁愿死，他们都有一股让人害怕的倔劲儿，戴清弢身上的这股劲儿没表现在吃上面，倒表现在极力掩饰他是一个外来者的身份上了，比如他从不主动和人聊起家乡，也从不在年关临近时去疯抢火车票，为此，他甚至没回过小城过春节，除非他不在深圳混了，听老妈的话回小城去某个民办小学执教，然后结婚、生子、安享晚年……这又是不太可能的事情。

在金海街和新湖路的交叉处，戴清弢停下来等红灯，继续往前走就是他所执教的中学，如果不是假期，这个十字路口每天涌动最多的是穿着统一校服的学生，他们面目模糊，几乎都长得一模一样，即使在路上遇到老师，也不会停下来打招呼，他们对老师的敬重与礼貌似乎只停留在学校范围内。戴清弢多次遇到这样的尴尬，以至于他没什么必要都不想在十字路口逗留，像是敏感区，生怕被触碰。

过了路口，左拐，进入一条不知名的小街，就是城中村了，中间还得路过一处烂尾的别墅区，连路灯也是烂的。如果戴清弢是抢劫犯，又急需一笔钱过年，那么十有八九会选择埋伏在这一路段伺机打劫。

5

戴清弢以为进错了房间，客厅沙发上坐着一个女孩。

平时戴清弢和小陈的活动范围都在各自的房间里，客厅只是作为一个空间存在，它的简陋可想而知，除了一套皮子被屁股磨去一层，露出白色毛屑的旧沙发，一张茶几，墙上挂着一个坏了的康佳彩电，便再也找不出另外一件被添置进来的家具了。第一次来的人，肯定得怀疑这家里是否还住着人——所以，当客厅出现一个女孩时，更显出了它的寒酸和尴尬。

女孩站起来打招呼，个子竟和戴清弢差不多高，不过清瘦，直条条的，看不见明显的胸脯和臀部，加上她还穿着一身大一号的地摊运动服，不过也可以想象，再过几年，如果往好的方向成长，她得会变得怎样迷人，就像戴清弢有时从一个学生的作文里发现其过人的潜质。

“您好，戴老师，我叫许媛，许多的许，名媛的媛。陈向的女——朋友。”女孩说起“女朋友”三个字时有些迟疑，和她男朋友一样。

“你好。”戴清弢差点儿伸出手去跟人家握手。

“谢谢，陈向让我谢谢您，看样子我得在这里过年了。”

“小陈呢？”

“谁？”

“你男朋友。”

“哦，他出去买东西了，等会儿回来。”

往下便不知道说什么了，把人丢在客厅也不太好，戴清弢只好拿烟出来抽。“不介意我抽烟吧？”他也是随便一说，介不介意还不都一回事儿。许媛搓着手，她手上戴着一副半截的毛线手套，看样子有点冷，她说：“不介意，他也是烟鬼。”突然又意识到用词不太合适，快速地吐了一下舌头。戴清弢都看见了。

“陈向说，您是老师，教语文的，我也喜欢文学，我还写诗。”

“喜欢谁的诗呢？”

“张楚。”

戴清弢愣了一下，他以为她会说出席慕蓉、汪国真，或者是顾城或海子，没想到她蹦出一个连他也不认识的诗人，正因为不认识，他不敢贸然接话。

“您也喜欢他的诗吧？”许媛看着戴清弢，有点急切想从他嘴里获知答案。

“喜……欢。”

“那我们有共同爱好。”

戴清弢舒了一口气，幸好她没说张楚其实是她的同事或者朋友，那样可就丢大发了。刚好陈向回来了，话题自然就把诗歌和张楚抛开了。陈向招呼戴清弢吃点东西，戴清弢婉拒了，他回屋，翻开电脑，百度上显示，张楚并非诗人，是个摇滚歌手，他怀疑是不是名字打错了，又不可能出去再问过，于是就认定是他了，他也喜欢摇滚，或者说，是喜欢过，那时他还在镇上二中读书，老妈给他买了一个随身听，也有可能是他逼老妈买的，反正记不清了。他那时就有一个随身听，很贵的，很拉风，一般学生买不起，连买食堂里二块钱的菜钱他们都得到处借。戴清弢虽然很早就没了爸爸，却被老妈宠得像个官家子弟，反正，他现在一身的孤傲、臭架子以及虚张声势的品位，大部分也都是中学时代遗留下来并发酵成今天这个样子的——总之，那时候戴清弢就喜欢在同学们面前戴个耳机听歌，有时上课也听，老师都懒得理他，他听过的歌很多，很杂，大多也是听着熟悉，却叫不出名字，或者说不上来是谁唱的，他唯一记得的便是崔健的《一无所有》，这几乎是他每天都要循环播放的歌曲。他不知道这个张楚是否也和崔健一样，百度上说他们是同时代的歌手，这点他有点恍惚，究竟是他错过了还是人家故意隐藏了，总之他是第一次听说有张楚这么一个摇滚歌手，还是从一个小姑娘的嘴里听到的。这点确实足够丢人，以他一贯深藏内心无所不知无所不晓的中文系人的傲气，他简直有点受不了，恨不得挖苦自己几句。

大半夜的，楼下在放鞭炮，空气里满是二氧化硫的气味。戴清弢才记起是小年了。

他把张楚的歌曲一首一首往电脑里下载，其中有一首的名字吸引了他，歌名叫《孤独的人是可耻的》，他便迫不及待地点开来听了。他突然觉得这个沙哑的歌声，这些情绪，很像他的一个老朋友，或者说，是另一个自己在对自己歌唱。他听了一整夜，反复地听，他听完了张楚所有能在网络上找到的歌曲。

许媛这小姑娘说得没错，张楚还真是一个诗人。

6

戴清弢从小就爱思考两个问题，如他喜爱的作家刘震云所言，自己从小就是一个“思考家”。他思考哪两个问题呢？一个是人到底会不会死，一个是这个世界上是不是只有一个“我”？两个问题都是难题，戴清弢一个都没想通，不但没想通，他还产生了另一个问题，也就是说，如果这个世界上只有一个“我”，那么“我”又是会死的，如果“我”死了，那这个世界上，还会有“我”存在吗？或者说，会有另一个“我”出现吗？

这第三个问题，比前面两个更难更复杂，戴清弢问过老妈，老妈只是叫他闭嘴，不准提“死”字，任何时候都不行，尤其是过年。于是他追问：“人到底会不会死？”老妈说：“不会。”他说：“那老爸不是就死了吗？”老妈说：“你爸是走了。”他问：“那你呢？”老妈说：“我也会走。”他问：“那我呢？”老妈说：“你不会，你不会走，永远不会走。”他便觉得老妈是在撒谎。

戴清弢给老妈打电话，很久都没人接，微信留言也没回，这不像她平常做事的风格，她即便到老，还是一个风风火火到处串街的老人，就像小城里俗话说的，两只鸡搞在一起她也想过去看个究竟。好吧，他承认，还真是摊上一个神经大条的老妈。

街上的餐馆大多都关门了，反正每年都如此，戴清弢也就习惯了。陈向和许媛倒不甘寂寞，从超市买了套简易厨具，就在家里做起饭来了。戴清弢还是愿意到楼下找个地方吃饭，这么多年，每到饭点，他就要出趟门，回来时带点零食、买包烟，蛮有仪式感。附近只有一家真功夫还营业，他平时不喜欢去真功夫吃东西，觉得单调，一成不变，不过现在没办法，凡事不顺，老妈的电话不通，或许是手机问题，街上能吃的也只有真功夫了。

想起来，还不算特别遥远的事，戴清弢在街口的真功夫分别接待过两个女孩，或者叫相亲，反正怎么说都行，就是先后和两个女孩见过面，并各自点了一个套餐。当然是他请客。他不太记得那两个女孩长什么样了，面目早已模糊，像是某个刻意要想起却怎么也想不起的梦境，他印象中一高一矮，高的很高，有一米七多，比他还要高出一点儿，自然没谈成，第一眼就否定了，出于礼貌还是吃了饭再走，那女孩是同事介绍的，据说在中国银行工作，手头每天过千万元，条件自然不错，否定不是因为她比他高（对方有可能是），而是戴清弢借着灯光刚好清楚地看见她眼镜上落满了灰尘，和重重叠叠的手指印，她戴在眼前竟然也不觉得别扭；另一个又很矮，一米五几的样子，小巧玲珑，他在网上认识的，聊了几个月，约见一面，彼此感觉还行，不久还是吹了，那女孩在街道社康当护士，她坦言要找一个可靠的人，她本以为老师是一个可靠的形象，却发现戴清弢租住在城中村，出门带的是公交卡——这本身就不可靠。

戴清弢站在点餐台前犹豫了片刻，不想让眼前的服务员等太久。他随便点了份酸菜卤肉套餐，客人稀少，服务员比客人还多，他坐在有靠背的沙发椅上，面对的刚好是一面落地玻璃墙，能清楚地看见外面的街道，两棵芒果树被风吹得大幅摆动，外面像是在刮台风。他看得竟出了神，他想起有一年夏天，小城刮了十二级台风，老妈只身爬上屋顶去固定防风的铁索，铁索两端各绑上两块大石头，吊在屋顶的两端。那次台风没有把他们家的屋顶掀掉，不过飞来的一块瓦片刚好砸中老妈的后脑勺。以后，每逢刮风下雨，老妈都会头痛。戴清弢工作后，曾带老妈去做过检查，却怎么也查不出毛病。医生说，有些病，就像人的记忆，一旦有某种触动，记忆开启，就如同病症……戴清弢觉得那医生应该也是中文系出来的。

“你们快来吃啊。”

一个女人的声音，润滑，甜美，似乎包含了生活中所有的美好情绪。

戴清弢循声望去，是一位年轻妈妈，已经点好了餐，正招呼两个孩子过去吃饭，两个小孩很是顽皮，在椅子间相互追逐，嘿嘿笑着。他看着那位年轻妈妈，长得并不漂亮，年龄大概比他略小，可她的声音真好听，她说出那句“你们快来吃啊”，在戴清弢听来简直成了性暗示，如同一只温暖的毛茸茸的动物突然窝进了他的怀里。难以置信的是，他竟然因为这句稀松平常的话语产生了性冲动。他感到无比羞愧，匆忙吃了几口饭，便快速离开了。

外面的风确实很大，只是冬天不可能有台风。

7

海南姑娘在微信朋友圈里发了好多家乡的照片，海滩、椰林、迷雾中的山野……每一张都处理得很唯美，必须得凑够四、六、九张，不然发上去的图片会出现难看的排列空缺，如果没猜错，她应该是个处女座，典型的完美主义者，要么就是摩羯座，要命的强迫症患者。她还不算一个品位低劣的人，不像老妈，动不动就给他发来“百分之九十的人都不知道的惊天秘密，不看后悔一辈子”“不转后悔一辈子”之类的帖子。当然，某些经过华丽包装的“心灵鸡汤”，海南姑娘还是乐意去分享的，可见她也是容易被表象迷惑的人。她发微信朋友圈还挺勤，几乎每天都有更新，戴清弢有时会点个赞，前脚刚把赞点出去，后脚她的私信就来了，也没什么正经事，就是问他，回家没有？吃饭了吗？一些闲话，一来二去，两人聊几句，他先停下来，她发多一句，见他没回，也就知道他想结束对话了，便自觉地不说话了。他感觉她挺可爱，不像一个妖娆难缠的女孩，她有羞耻感，能自制，他有时一恍惚，怎么也不相信他们是在维多利亚认识的，他们应该是同行，或者是和文学群里那些会写几句分行的文艺女青年一样的群友，至少也应该是无意中摇到的微信好友。

戴清弢几乎不发微信朋友圈，不暴露生活的蛛丝马迹，转发些无关紧要的帖子仅仅是出于无聊或友情需要。这样一来，他在微信朋友圈里便如潜伏的隐者，关注着朋友们的动态和行踪，犹如偷窥者，起初他还有所收敛，后来刷微信朋友圈几乎上了瘾，隔上半小时不刷都觉得会失去什么，一条不落地看下来他才觉得心安，否则心里觉得有什么没完成。这种强迫症一样的偷窥欲望到了假期表现得更甚，尤其是整个城市突然像发神经一样静止了下来以后。

静止得只剩下风，这风起得也是莫名其妙。戴清弢竟有处在盛夏的错觉，空气中弥漫着一股让人难受的溽热，他恨不得脱了外套和长袖，趴在地上做五十个俯卧撑，出一身臭汗，再冲个冷水澡。正当他准备这么做时，才想起家里还住着另外两个人。让他纳闷的是，许媛并没有和陈向住一起，也就是说，陈向把房间让给了许媛，他睡客厅沙发，一床枕被，白天搬进去晚上搬出来。戴清弢看着都嫌麻烦，心想他们的恋爱还没有到那程度，正好也印证了他们说起彼此关系时的迟疑。现在的年轻人不是还没谈恋爱就先上床的吗？戴清弢不好问什么，如果一男一女在隔壁房做运动，节奏激烈声响哀怨，估计他也舒服不到哪儿去，现在他们却没有一点动静，这不是更好吗？再说他们一男一女，配合默契，几天下来，把客厅装扮得新年气氛超浓，一门之隔，他都能感受到他们的喜庆，似乎更显出他的孤寡和落寞。他转头看见窗外的天空绯红，如城市某座大厦着火，窗台的山茶花是前几天在体育馆门口花市买的，花了五十块钱，当时看中它精神勃发，十几个花蕾含苞欲放，几天下来却不见动静，反而掉了几个；窗棂上晒着的一双黑色袜子被风吹得摇摇欲坠，他也不急着去拯救了，似乎乐意看着它们被吹下楼去。

门被敲开，是许媛，她笑得可真灿烂，戴清弢以为她又要跟他谈张楚，他耳机里此刻放的就是张楚的《棉花》，他摘下耳机，做出一个淡然的表情，就好像他在房间里很自得其乐。许媛说："戴老师，年三十我们一起吃饭吧，我从家里带了好多好吃的，有板鸭，有腊肉……"

戴清弢可真喜欢吃腊肉，那股柴火熏出来的味道几乎让他着迷，海边长大的他本应该不具备如此的偏好，他也怀疑自己是不是生错了地方。父亲在世时并不像本地人那样造条船出海打鱼，父亲是个异类，他喜欢往山区跑，一去就是个把星期，回来时，挑在肩上的是满满的两麻袋草根草药。他们一家就靠那些草根草药活，他打小就羡慕有船的人家，倒也不是真喜欢出海打鱼，而是出海本身，对他诱惑极大，后来他慢慢淡掉了这些欲望，每年几乎都有几艘渔船是回不来的，自然尸首也不能见到，遇难的家属只好把法事搬到码头去做，看着家属对着大海浪涛哭吼，师公们念念有词往海里撒黄色的冥币，他对海慢慢感到害怕，或许父亲当初的选择是对的，他不单能带回来草药，还能带回山里人的腊肉，那些腊肉挂在父亲的背上，乌黑黑的油把他整个后背都染湿了，像是一路走来流出来的汗。父亲说，腊肉是山里人送的。其实也不是真送，是医药费，父亲作为草药师，有些病在他那里确实能药到病除，当然，他医术并不高明，否则也不会医得好别人医不好自己，他一生吹嘘自己是医治肾炎的高手，四十五岁那年，却死于肾炎。父亲去世时，戴清弢刚上高中，他的记忆似乎也在那一年之后显得特别清晰，那年之前的一切，就变得模糊起来。

答应许媛后，戴清弢打开手机一看，离大年三十还有两天，他不知道独居小城的老妈如何度过今年的年三十，他索性狠心不去想这些，老妈可能就是故意气他，才不接电话的，这老太太，都这么老了，脾气还跟小孩似的，喜欢哄人也喜欢被哄，耳根软得像冰激凌，凑近哈个热气就能将它融化。回头说几句好话就什么事都没了，比如“今年肯定交个女朋友，带回家给您老人家把把脉”“没女朋友怎么好意思回去见您呢”……几句话下来，她就在电话里哈哈哈地笑开了，年年如是。

顺手再刷下微信朋友圈，海南姑娘又更新了，几张经过处理的小城咖啡馆的文艺照片，一行字，写的是家里人给她介绍了个男的，正相亲呢，男的挺老实，在县城教书，她不是很喜欢，不过也没关系，当是骗吃骗喝。

也是手贱，戴清弢竟私信海南姑娘：“他知道你在深圳是干什么的吗？”

没有回复，大半天都没有。戴清弢才意识到说错话了，不过后悔已来不及，他索性也不道歉了，彼此沉默，权当没发生。

8

索性什么地方都不去，戴清弢计划在过年期间把海明威的《太阳照常升起》读完。这书从学期头读到学期末，才读了一小半，倒也不是不喜欢，就是觉得不着急，看个书着什么急呢？慢慢看呗，眼下他却急于要干掉某件事，想想，周围没有什么事是可以被自己干掉的，除了床头摊开倒扣着险些被压成两半的硬汉海明威的书籍——海明威可不是这么婆妈的人，他连死亡都不怕，戴清弢却还笼罩在童年时一想起死亡就郁郁不悦的恐慌情绪里。

戴清弢翻开书，刚好看到第五章——

我和勃莱特打车拐上鹅卵石路面的莫弗塔德大街，街道两旁闪烁着酒吧和夜市商店的灯光……通亮的灯光照出勃莱特脖子的修长线条……我吻了她，她说：“别碰我，请你别碰我。”……他们一起要去蒙帕纳斯大街的雅士咖啡馆，车子绕过守卫着开往蒙特劳奇区的电车的贝尔福狮子像望得见蒙帕纳斯大街的灯光时，勃莱特说：“到那儿之前，你再吻我一次。”……

他们似乎生活在另一个世界里，海明威几乎把整个巴黎的地图都用文字的形式精致细微地绘画了出来，这才是厉害的写作，戴清弢觉得，一些中国的年轻作家写的那些破烂玩意儿，简直垃圾不如。他继续往下读，刚好读完一章，他就不想再读下去了，他现在的阅读热情好像就这么短，只能维持十五分钟，如人到中年，患了早泄。

陈向和许媛在客厅里准备火锅，他们说老家年三十有围炉的习俗，打边炉吃火锅，最合适，戴清弢随意，他都忘了老家的年是怎么过的了。这么些年，他一直在深圳过，而深圳过年，说白了，就是等于白过。他逐渐也习惯了，无非就是无聊，再无聊，时间还是照走，不会停止，所谓的过年，不也一样过了这么多年了吗？戴清弢想帮下忙，许媛不让，她说：“戴老师你就在屋里等着，继续听歌看书，能吃了我叫你。”戴清弢感觉不好意思，见一地狼藉，也没有什么是自己能帮上忙的，这些天下来，他倒挺喜欢许媛，这小姑娘大大咧咧，很热情。她除了带来了家乡的腊肉腊鸭，还带了几本书在包里，偶尔见她坐在狭小的阳台上翻一翻。戴清弢想知道她在读什么书，又实在不好意思以此为借口上前主动说话，他大概也能猜出，女孩应该刚从学校里出来，初中，或者高中？总之，她身上还遗存着学生的天真，而这种天真也只有村镇上的学生才有了，他所执教的学校里，已经消失殆尽，他不知道为什么，竟隐约为此感到庆幸，仿佛由此看到生活还有希望似的。

戴清弢放下书，他觉得即使不帮忙，也应该出去看看，毕竟大过年，三个人过，总比一个人热闹，他应该为此感到开心。戴清弢一打开房门，便闻到了腊肉的熏香，桌子上的火锅汤底也热了，冒着白烟，周围是用几个临时的硬纸盘子装着的丸子和肉片，茶几上还有青菜，能在这个时候买到这么些东西，陈向肯定跑了不少菜市场。他幸福的样子，真让戴清弢嫉妒，原来有女朋友可以这么美好。戴清弢听许媛一边择菜一边在说一则新闻，说是一个河南人去银行开户，结果账户多了十二亿元，原来是银行工作人员把卡号输成了余额。说完她哈哈大笑，又加一句："十二亿元哦，不知道有多少。"陈向问："那后来呢？"许媛说："肯定是还回去啦。"陈向说："要我就不还，我远走高飞去一个没人知道的地方。"许媛问："带上我吗？"陈向打了个响指，说："那是必须的。"两人笑了一会儿，许媛突然说："没人知道的地方，那地方就不需要钱了。"陈向表情明显很失落，仿佛他真的有十二亿元而派不上用场。

"真香。"戴清弢打断了他们。他拿手机去拍桌上已经滚开的汤底——在这个屋里，戴清弢倒像是个闯入者了。

"要不晚上一起喝点吧。"戴清弢说。

"戴老师，我们已经买了啤酒。"许媛说。

"喝点白酒吧。"戴清弢快速走向大门，看上去决心已定似的，他其实并不太能喝酒，今晚却突然很想把自己喝醉，至少喝晕了，好在大年三十睡个好觉。戴清弢开门出去时，许媛说：“要不让陈向出去买，外面冷呢……”

戴清弢下楼时，突然想发个微信朋友圈，自打安装了微信以来他都没这么强烈地想发一个东西，翻开手机看刚才拍下的照片，除了乌鸡炖青橄榄的边炉汤底，还照到了许媛半个长发披肩的侧面，能看出是个女的，却看不清脸。他想把许媛裁切了，刚点开图片编辑，手指却犹豫了，停留有十秒之久，他撤掉了编辑，原图发上了微信朋友圈。当确定图片已经发上去之后，他的心跳竟咚咚咚地加快了，他紧张，全身都抖。他当然可以借口说冷，实际上心里也清楚，他干了一件类似小偷的事情，可见，凡是见过他微信朋友圈的朋友和亲人，都知道他正在经历一个温馨的大年三十，认为小屋里的二人世界，半边脸的女生不用任何解释，大家都知道是怎么回事，也许过了年，新学期伊始，那些同事又得像庆祝唐瑜一样也庆祝戴清弢一番。发一张图片是一瞬间的事，戴清弢却能预知所有的后果，就像出来混犯了事总得还一样，他甚至都不敢再打开微信，生怕看到每一个点赞和评论。他本应该为此感到后悔，可想到老妈也可以通过这种秘而不宣的方式看到这张图片，她心里该是怎么满满的幸福，同时母子俩还得各自守住“秘密”，却以一种类似公开的方式。

戴清弢跑了半条街，也没遇到一家开门的小店，他只好冒着寒风走到街尾的沃尔玛商场。商场倒是开的，却一个顾客也没有，他一个人逛商场的体验，还是第一次，感觉怪怪的，像是潜进去的小偷——他怎么总是在扮演小偷？他匆忙要了一瓶一斤装的赖茅，故意选了高度酒，又冒着寒风小跑回家，没遇见几个人，倒像是战乱时期闯过狼藉的大街捡了一条命。

9

喝着喝着就热起来了。戴清弢和陈向都脱了外套，许媛喝啤酒，也满脸绯红。

喝了酒吃了肉，话自然多了起来。

戴清弢和陈向看样子酒量相当，一斤白酒，分了两玻璃杯，碰一碰，竟然都喝下去了，接着又喝了几罐啤酒，说话便开始含糊了。刚开始，许媛端这个端那个，像个服务员，后来东西都吃完了，只剩下锅底滚得像勾出来的芡汁，许媛突然想起了什么，上前去开电视，开不了。戴清弢说：“别弄了，电视早坏了。”陈向责怪她吃得好好的看什么电视，许媛说：“看春晚呐。”

“春晚有什么好看的，瞎闹，还不如你来一首张楚的歌。”戴清弢看着许媛笑。

“张楚还能唱歌啊？他不是诗人吗？”

“诗人就诗人，那就朗诵。”

“好吧。”许媛趴过沙发去翻自己的包，翻出一张皱巴巴的歌词纸，应该有点年代了，看起来是CD碟里附带的歌词纸，一面印着歌唱者的头像，一面是一首首排列的歌词，许媛大概把它们都当诗歌了，也没什么不对。“张楚的这些诗歌我都很喜欢，我就朗诵他的《孤独的人是可耻的》吧。”

这是一个恋爱的季节
空气里都是情侣的味道
孤独的人是可耻的
……

我喜欢鲜花

城市里应该有鲜花

即使被人摘掉

鲜花也应该长出来

许媛喝了一口啤酒，继续朗诵。

生命像鲜花一样绽开

我们不能让自己枯萎

没有选择　我们都必须恋爱

鲜花的爱情是随风飘散

随风飘散　随风飘散

……

戴清弢跟着唱了起来，他突然落下了泪。许媛停下来，有些惊讶，她把歌词纸捻在手指，使之看起来像是鸟雀耷拉下来的翅膀。戴清弢不再唱，他用手机打开酷狗App，点播张楚的歌，放在桌上，房间里顿时静了下来，三人静静地听着“诗人”的音乐。许媛趴在沙发上小声饮泣，陈向没有上去安慰，他呆坐在座位上，点烟抽。

“怎么啦这是，我没什么，只是有点想老妈，她生我的气一直不接我电话。”戴清弢摘下眼镜抹了把眼睛，他感到抱歉，不应该把气氛搞坏了。

“戴老师，你读书多，你说——”陈向吐出一口浓烟，“林黛玉和贾宝玉是不是表兄妹？”

“是的，黛玉的母亲和宝玉的父亲是同一个母亲。”

“其实——”

陈向刚开口却被许媛打断了，许媛满脸泪痕：“说这些干什么，有用吗？”

“戴老师不是外人。”陈向激动得站了起来，差点儿把身后的椅子撞倒。

戴清弢的酒倒醒了一半，他早猜出这对情侣有故事，他不是小说家，不像海明威那样能把人家的事写得跟自己身上发生似的，不过他倒也好奇，希望陈向能继续往下说，哪怕故事俗套，甚至都不值得为此一哭。

“戴老师，我跟你说，其实——”陈向挥动着右手，像在发表演讲，或者要向全世界宣告什么，“其实——我和许媛就是姨表，我们在一起，不但家里人反对，连国家都反对，全世界都反对，可是我们真的相爱，真的想在一起过一辈子，我们能怎么办呢？”

尽管戴清弢做足了心理准备，还是很惊诧，他不知道怎么回答陈向，甚至都无法回答，林黛玉和贾宝玉不是也可以相爱吗？俗话说姑表不能嫁娶，姨表可以嫁娶，古人当然愚昧，他们的愚昧制造了文学美感，至今还在吸引人去尝试。

“不过，近亲结婚对后代不怎么好。”戴清弢明显感到心虚，这语气太像一个老师了，他自己都极为讨厌用这样的腔调说话。

“我们不想生孩子，我们能在一起就满足了。”许媛站了起来，吸了一下鼻子，收拾桌上的碗筷，看样子戴清弢像是他们婚姻的裁断者，过了戴清弢这一关，他们就万事大吉了。

戴清弢的酒全醒了，头脑清醒，这有点反常，像是极困的人被人兜头浇了盆冷水，只是觉得手脚还麻木，他得再坐一会儿，多抽两根烟，大概就可以宣布这个年已经过了，过得还可以，除了有些伤感，有些出乎意料。确实出乎意料，此刻，他的合租者是一对宣称是男女朋友的表兄妹，也不难猜出，他们是一对出逃者，第一次在异乡过年，而他们的家人说不定就没法儿好好过年了，面对两个年轻人的理直气壮，家里人可能还不敢大声宣扬，如同此刻戴清弢的哑口无言。

戴清弢低头玩手机，他都忘了，他晚上发了微信朋友圈，然而除了海南姑娘一句短评，没有一个人点赞，空荡荡，如楼下的大街。戴清弢全身发冷，他看见海南姑娘评论说："看了两个都没成功。"他当然知道海南姑娘指的是什么，心里竟然有丝窃喜，海南姑娘原谅了他的无理，成了这个冬夜唯一的安慰。戴清弢起身，满客厅找外套，陈向也在找，很奇怪，他们的外套都奇迹般地消失了。

10

老妈的死讯是警方通知到的，当时戴清弢还在睡觉，看电话是老家的座机，以为是老妈打来的，一接，差点儿脱口而出叫了声妈，对方却是个中年男低音，三言两语就把事情说清楚了——空巢老人，临近春节猝死家中，几天后，邻居闻到臭味，才报了警。

警察的语气烦躁而鄙夷，毕竟是大年初一，接到通知时他可能在家里和家人团聚。

戴清弢还没来得及再问点什么，对方已经把电话挂了，嘟嘟嘟的忙音一声比一声大，大到快要把耳朵挤爆。头还痛着，昨晚的酒精还在起作用。戴清弢闭上眼睛，努力回想刚才那人所说的每一句话，他是谁？说了什么？

他为什么要给他打电话？发生了什么事？对，老妈，他说是谢慧珍女士，是老妈的名字，这名字陌生得可以——老妈怎么啦？老妈死了。哦，难怪她几天不接电话，原来她不是生儿子没回家过年的气，她是死了，猝死，死人怎么可能接电话呢？戴清弢感觉身体在下沉，像是置身于一个洞穴，深不见底，一床棉被犹如松软的沙土，覆盖在他身上，他继续往下沉，沙土继续倾盖——死亡是一个什么样的过程？他在发抖。老妈已经经历过了，可是老妈永远也无法回头跟他讲述，就像有一年夏天他差点儿被海水带走，他跟老妈说他差点儿死了，死亡真的很恐怖，幸好是差点儿，而不是死了，所以他才能跟老妈讲当时的感受。老妈却做不到。他突然怨恨起来，她怎么就做不到呢？戴清弢希望自己快点赶回家，不是回去埋葬她，而是回去听她说："崽啊，我告诉你，那天我差点儿死了，死亡原来是这样子的哦……"

除了一身换洗的衣服，戴清弢不知道还要往包里塞什么，此行需要多久，也不能预知，不过只要协助警察处理好老妈的后事，大概也需要不了多久，赶回来开学肯定是来得及。这方面他当然没一丁点儿经验，他想还是得一切从简，他可不想在这上面浪费太多时间，反正人死不能复生，要是亲友责怪起来，他也只能沉默，谁叫他是不孝子呢。他也不想这样，他无数次要接老妈到身边，老妈都不愿意，他每个月定期给老妈汇一半以上的工资，这些钱她肯定也舍不得花，现在花不了了。他也只能做到这样。他出奇地平静，除了胸口有点闷着难受，并没有想哭的冲动，他想，大概到见了老妈遗体那一刻，自己才会哭，无论如何得哭一场。最后，他把海明威的《太阳照常升起》塞进了包里，像是一个无意识的动作，怎么还有心情看书呢？不过，总得带点什么。

高铁上人不多，每一个在大年初一赶路的人都不算正常人吧。戴清弢想，他想过和小城的亲人取得联系，最后还是算了，大家肯定都很陌生，多年不见，他偶有回去也从不走动，说是亲戚，其实比陌生人还陌生。他并不喜欢所谓的家乡，说到底是不喜欢家乡里的人。要是有一天硬要他在小城里定居下来，并终老一生，他倒是宁愿自杀，就像老妈到死也要在东海城腐烂一样，他们母子出奇一致地固执。

下了高铁，戴清弢又转了一路公交，耳机里依然放着张楚的歌，他有点晕，开公交车的司机一路上骂骂咧咧。他突然感觉窗外的一切都是陌生的，像是来错了地方，好几次，他差点儿高声问司机："请问，这车是去东海城的吗？"但总又在这些关头，他看到了一片水塘，水塘边上搭着一处草寮，一艘木板船半搁在岸上，周围是茂密的紫银色的花串和刚枯萎下去的芒花草……这情景他见过，熟悉；又或者，经过某个路边小镇，狭长型，沿着省道几公里，各种杂物铺头和随时穿过公路的小孩，是，家乡到处是这样的镇子，而东海城也被省道穿城而过，像是一条线串起来的无数只蚂蚱。他终于眯瞪了一会儿，张楚的歌声如梦境一般迷离，突然有人拍了拍他的肩膀，他猛一回头，老妈的脸直逼在他眼前——他吓了一跳。醒来，全车人都下了，司机指着他骂，他只看到司机张张合合的嘴巴，手机音量调大了，耳朵被震得生疼，幸好如此，否则被一个陌生人无端地责骂不仅会让他光火也会叫他郁闷好一会儿。

小城的街道拥挤得像是灌满了肉欲的腊肠，粤B牌照的汽车，无牌无照的摩托车，更多是那些一个星期前还散落在广深莞的人。如果戴清弢有耐心停下来辨认，他大概还能找出某些熟悉的面孔，他们曾经在金海路出现过，去沃尔玛购物，去银星电影院看电影，去真功夫吃过酸菜卤肉套餐，而此刻，他们兴高采烈地拥挤在小城的街上，像是在集体完成某项庄严的仪式。

戴清弢生怕成为集体仪式的一部分，他个人的仪式，还急需他有效率地完成。警局和殡仪馆自然是冷清的，甚至可以说一个活人也没有，如果那个满脸烦躁一见面就大声呵斥的中年男警也算是个人的话。戴清弢猜想他便是早上和自己通话的男人。

“你看着办吧，我可没时间陪你。”男警好几次想甩手离开，看戴清弢无动于衷的样子，却又忍不住过来教训几句。

“你怎么当儿子的，有你这么当儿子的吗？”

戴清弢在殡仪馆见到了老妈的遗体，她的脸和身体散发着一种让人发怵的死亡气息。谁说死人就像安详地睡着了？安详是没假，只是不是睡着了，而是死了。他还是哭不出来。他倒希望啰里啰嗦的男警不要跟着，反正除了骂人也帮不上什么忙，要是他一个人，面对老妈时，可能就能哭一场了。

已经排除了他杀的可能，男警倒是建议早日火化。戴清弢没异议，眼下得雇一辆车把老妈的遗体送到火葬场，路倒不远，就是叫不到车，主要是时间不对，要是平时，殡仪馆门口停着一溜三轮车等着拉死人，因为晦气，要价也黑得很。男警关键时刻倒是帮上了忙，他得打个电话，不过大年初一，至少要包个红包，“这个数，”他竖起食指，接着说，“那也得看是谁叫，否则两个这数也没人干。”戴清弢问：“这个数是多少？”男警说：“你傻啊，一千块钱啊，难道是一百块钱？”戴清弢点点头，半个钟头，来了一辆三轮车，也是骂骂咧咧，说刚输了麻将，要不打死也不愿意干。一点儿没变，这么多年，戴清弢的印象里，小城的人永远是骂骂咧咧的，没有谁愿意心平气和地说句话。火葬场没人上班，男警又是一通电话，骂骂咧咧又来一老头，看人永远是斜着瞥，戴清弢又把同样数额的红包给上，并交了火化费，这才算是把老妈的后事给了了。老头说等个好时辰，他表现出很在行的样子。男警问戴清弢："需要请人化个妆吗？走也要走得体面些。"眼看男警又要准备打电话叫人了，戴清弢鲁莽地制止了，这倒跟他一天来的文弱顺从不太合拍，以致男警都有些愕然。"我这不也是在帮你吗？"男警看样子很生气，戴清弢总算是看出来了，生气也是佯装的吧，这一天下来，倒像是事先做好的局，坑钱才是目的。戴清弢只想快速结束这一切，然后带着老妈的骨灰离开。从此，他便和这里一点儿关系也没有了。

离开火葬场时，天已经黑了，他并没有买老头推荐的昂贵的骨灰盒，挑了个最便宜的。戴清弢把骨灰盒放进背包里，和海明威的书一起，逃也似的离开。戴清弢在热闹的街上竟然迷了路，费了一番周折才找到老妈的住所，这一座位于螺河边上的带门楼的"独脚靴"厝屋，是父亲当年靠卖药根建起来的，一直是老妈的荣耀，如今位于老城区，几乎每一条巷子都是死路，总有一天会被夷为平地。门楼虚掩，戴清弢推门而进，屋里还弥漫着一股尸臭味，他竟然感到某种陌生的恐惧，像是错进了别人家的屋子。他不打算在这里过夜。屋里干净而齐整，没有什么东西值得带走，倒是在床底下找到了一部手机，是老妈的，充电一看，屏幕上显示着五个未接电话，一排"儿子"的字眼……

11

锁好老屋，戴清弢一时不知道往哪里走，这一巷子都是二十世纪七八十年代建起来的砖头屋，也没见几家亮着灯了，抬头望，城东的经济开发区一片人间烟火，那里是新建和在建小区，高高的吊塔还在连夜运作，这也许就是老妈说的小城已经是小香港的证明吧，老妈一辈子没见过这么大的阵仗，肯定跟戴清弢第一次出远门求学见到天上的飞机竟然比汽车还大一样惊诧。

戴清弢走出巷子，来到热闹的街上，他得找一间旅馆，草草过一夜，第二天一早就坐班车去高铁站。他已经在手机上买了十点钟的票，他尽量赶早，似乎一刻都不想逗留。也许这么一走，他就再也不会回来了，心绪多少还是有些复杂。海边的方向，一个个烟花在灰蓝色的夜空中爆炸，街上又塞死了，他调了头，竟然往海边的方向走去，他隐约记得是这么走，如果是白天，他大概会更确切，因是夜晚，一切又显得模糊不定了。他走了有一里路的样子，就开始闻到了海水的腥味，也不是纯粹的腥味，还夹杂着海鱼腐烂和餐饮潲水沤出来的臭味，风有些大，这风倒是清爽，让他想起和老妈去海边晒章鱼头的日子。

如果老妈还在，她还没死，是说如果，而戴清弢也回来过年了，他大概也可以跟老妈到海边走走……如果——戴清弢不敢再往下想，他不想在小城的夜晚一个人边走边哭，却更害怕即使继续想下去他还是哭不了。他是不是已经不会哭了，就像个冷酷的机器人，就像沙地里一条冰冷的曼巴蛇？他越走越冷，拐过一道弯就是滨海大道，远远能看见甲东跨海大桥的灯光和对岸的烟花。他犹豫了，不想再走近一步，或者说，他不想触碰与这个地方有某些柔软的联系之处，仿佛一旦触碰，他就不再是现在的他了，他得坚决起来，在内心深处抵制一切妥协，尽管现实生活中他能妥协的都妥协了。

戴清弢再次回头，并在街道的拐角处找到了一家宾馆，他当然知道小城有更好的宾馆，只是他不想再走路了，只想早早让自己睡过去，睡过去了，时间就走得快了，他也就可以早点离开这里。宾馆很暗，前台的老头带戴清弢上了二楼，一个大旋转楼梯，可见当初它是作为另一种形式的建筑存在的。它多少年前被改装，多少年后注定被遗弃，就像这个守店的老头，人家在过年，他不也一样被家人和所谓的“年”遗弃了吗？房间刚好临街，拉开窗帘可以看见街景，戴清弢本想洗个澡，获知洗手间在一楼，他放弃了，和衣上床，睡觉。

街上嘈杂，暂时睡不下，他又坐起来，倚在床头抽烟，他看了一会儿手机，微信上有几条私信，都是群发的拜年信息，他懒得回复，刷了一下微信朋友圈，也都是过年时节的吃喝玩乐，一切都与他无关，似乎这个世界都不关他的事了。他关了手机。坐了一会儿，又点了一根烟，才从包里找出老妈的手机，他不确定能从老妈的手机里看到什么，只是想看看。老妈一年前有了微信，加他好友时，吓了他一跳，微信这东西，真是病毒啊，已经无处不侵了，但老妈的微信很干净，几乎没什么好友，也从不发微信朋友圈，它唯一的用处，似乎就是给儿子转发各种生活警示，害怕他吃了虾接着吃水果，中毒身亡。没什么好看的。戴清弢退出老妈的微信，却又点进了短信，才发现，老妈的手机里几乎都是农业银行的短信，几十条那么多，戴清弢逐条点开一看，竟都是房贷月供扣费信息，戴清弢一下子明白了——老妈正在供房。

戴清弢的身体像是被电触了一下，全身的神经肌肉一抖，瞬间麻木起来。他再也无法入睡，立马开机改签高铁，他明天得跑一趟小城的农业银行，弄清楚这件事。他隐约担忧，或者几乎可以肯定，老妈已经在小城买了房子，以她的性格，是完全做得出来的，开发区的某个新建小区，吊塔下面的某栋正热火动工的楼房，对老妈的诱惑力比什么都大。自戴清弢参加工作以来，老妈便无时无刻不催促他在深圳买房，当时也是没听她老人家的话，错过了买房的最佳时机，后来就是想买，也追悔莫及了。老妈大概也知道了儿子在深圳买房无望，才决定在小城买的，她用戴清弢每月汇回去的钱，十多年下来，交首付，交月供，戴清弢掐指一算，她倒也付得起，只是可以想见，老妈这些年是怎么地省吃俭用，以至于家里都难得见到一样新东西。

幸好银行还有人值班，戴清弢费了不少劲儿，总算把事情处理清楚。原来早在两年前，老妈就以儿子的名义买下了开发区一套一百平方米的房子，首付交了十万元，月供两千元，房价倒也不算贵。戴清弢随后到开发区小区售楼中心了解情况，房子已经统一装修好，正等着戴清弢来办理交房手续。售楼中心的人请他验收房子，他兴趣不大，一点儿都不想拥有这套房子，他想把房子退掉，或者转手卖掉，当他知道这些都不太可能时，他简直有些绝望，往后不但意味着他在小城拥有一套房子，至少这一辈子有生之年他都别想和这里断绝关系。他还得每月按时交供，这当然不会怎么影响到生活，就像以前按月汇钱给老妈，只是汇钱给老妈跟汇钱给银行真的是两回事儿。

售楼的小伙子从市场、居家、投资各方面分析小城楼市的未来，其活泼精干的样子让戴清弢很反感，一句都没听进去，不过事实明摆着，都说房价在涨，买到手的房产却转卖不了，为什么？有价无市啊，戴清弢当然清楚，他不再努力，反正就先这样，他是不可能回来住的，或者再过几年，他就能顺利地把房子转手卖掉了。

12

年后，许媛就搬走了。据陈向说，她找到了一份餐馆服务员的工作，这工作倒挺适合她。戴清弢不介意许媛继续住下来。陈向说："她工作的地方有宿舍，再说，也比较远，在清水河那边，坐车来回要一个多小时。"戴清弢好奇，或者说是出自他内心的小阴暗，他不知道陈向和许媛发生过肉体关系没有，这不应该是他关心的事，却总是有意无意间浮想联翩。

海南姑娘一回深圳就发微信告诉戴清弢，她上钟了，有空去找她玩。

这倒提醒了戴清弢，似乎可以找个适当的机会，直截了当地问她，需要多少钱？

这个合适的机会却一直没找到，越熟越开不了口。转眼就要开学了，寒假总是短暂的，就像戴清弢从来不对寒假报以希望，却又在这短短的一个月里经历了老妈的去世，以及后事的处理，一切恍然如梦，他设想过这一天的突然到来，就像每个孩子都恐慌母亲的去世，恐慌的倒不是去世本身，而是去世这个事情对生活造成的彻底性影响却又是那么地不可避免。如今老妈已经在这个世上消失了，这是事实，尽管戴清弢还时不时有幻觉，手机里的来电显示是“老妈”二字。老妈的手机静悄悄地放在卧室床头，没有人打通过它，或许全世界也就戴清弢知道有这么一个手机号码。有时，戴清弢会试着打过去，看还是不是老妈接，她“喂”的一声总是很大，把他吓一跳，可是，除了床头无声的震动，这个手机再也不会有人接听了，它是另一种形式的死亡。戴清弢每天还是会打开老妈的手机看看，看是否有陌生人的未接电话，或者一个短信什么的，奇怪，连骚扰电话和垃圾短信都知道它的主人已经去世了一般，竟然都不舍得打扰一下。

陈向早就上班了，大多时间，屋里就戴清弢一个人，他陆陆续续把海明威的小说看到了第八章，这进度也真够慢的，不过总归还在读，慢慢地读，当他读到“我”和一个叫比尔的作家朋友要去街上喝一杯，路上比尔说要买一只狗标本，“我”却不愿意，比尔说了一句“下地狱的路上铺满了该买而没买的狗标本”时，戴清弢突然心有戚戚焉，他在想是否自己也错过了好多该买而没买的“狗标本”。仿佛就在这当口，戴清弢终于找到了合适的机会，他给海南姑娘发了一个微信，写道：“晚上陪下我吧，多少钱你说。”微信发出去后，戴清弢心静如水，像是一个约炮老手，突然间在这个事情上整个人都显得成熟老练起来了，如若再遇上警察查房诸如此类的鬼事，他临走前还能慢条斯理地穿上每一件脱下来的衣服。

没一会儿，海南姑娘就回了，用的是语音："晚上来吧，我的工号是165。"戴清弢会心一笑，听着却像是她在报身高，她的身材确实不错，差不多也是一米六五的样子。她声称回去过个年相了两次亲都没成功，多半也是她要求过高，看不上人家，就像她不允许微信朋友圈的图片不经过裁切和加滤镜一样，她自然对会每一个即将成为男朋友的人吹毛求疵，可她却又在维多利亚工作，只要领班点到她的钟，或者客人点了号，无论来的是个酒鬼还是疯子，她又都得笑脸相迎："先生，我为您服务可以吗？"她多数时候得强忍着巨大的恶心才说得出口。戴清弢这一次熟门熟路点了她。

海南姑娘转身去抽纸，帮戴清弢擦拭着下体，她小心翼翼，笑着说："这下我相信你还没结婚了。"戴清弢松懈地躺在床上，他想抽根烟。

"怎么看出来的？"

"结了婚的男人不一样，他们会想方设法。"

戴清弢没找到烟，想起刚才上楼时忘了买了。

"你的意思是我还不够坚持？"

"我刚好又喜欢你不够坚持。你觉得呢，在你心里，我是立马答应你好，还是拒绝你好，你更喜欢哪一个我呢？"

戴清弢一时答不上来，不过他清楚，打好的如意算盘，看来要落空。

海南姑娘躺了下来，和戴清弢并排，她伸手去抻腿上的短裙，不知是裙子短了，还是她腿长。她侧身面对戴清弢，故意往他脸上哈气，她肯定是第一次对客户这么干，或者，她早已经没把戴清弢当客户了，至少也应该算"微友"。

“大哥，难道你不知道我是卖艺不卖身的吗？”

戴清弢噗的一声笑了。

“要不我再帮你一次，上次欠你的，这次还上。”海南姑娘说道。

13

开学报到那天，几个语文组的老师约好出去坐下，唯独不见唐瑜。一个同事嚷着要戴清弢打电话，关心下前女友。戴清弢迟疑着不干。另一个同事说：“你们还不知道吗？唐瑜辞职了。”

关于唐瑜的流言慢慢多了起来，戴清弢不知道是风声本来就大，还是因为刻意的探听以至于产生了错觉，不过，唐瑜辞职倒是真的，这年头，敢于辞掉一个甭管是金银铜铁的饭碗，还是需要点底气。戴清弢想起唐瑜找的是个公务员的男朋友，估计很快就是老公了，又或者如同事间小声流传着的其实她只是当了“小三”，不管哪种角色，这样的因果倒是对称的，她肯定找到了一个有钱人，有钱人才不在乎她拿到手的那么点工资。

这正好契合戴清弢一直以来对唐瑜的设想。不过戴清弢仍然放不下，内心有种莫名的恍惚，大概也可以借口是假期过后的综合征，细究起来又不是那么回事，他还是把与唐瑜的所谓“恋情”当回事了。他想在微信里跟唐瑜说句什么，问她去哪里高就，祝贺她找到好归宿，又或者问她什么时候结婚，等着喝她喜酒……终究都不是合适的话，甚至在对方听来都像有讥讽意味——谁让流言过早地到达戴清弢的耳中呢？算啦，他最终什么都不干，点开唐瑜的微信朋友圈时，才发现她已经把他屏蔽了，她的名字下面是一道细小的横线，横线的下面一片空白。多么讽刺啊！戴清弢不知道是从什么时候开始被拒绝在外的，难怪好久没见她更新微信朋友圈了。戴清弢顾自一笑，自然也是理解的。接下来的工作开始忙起来，也许忙过这一阵子，就什么都好了。

由于老师调动，学校倒是腾出了宿舍，戴清弢可以被优先安排。

戴清弢也想回宿舍住，把租的房子转给陈向，他问过陈向，陈向却为难，说租金太高，承担不起，如果戴清弢搬走的话，陈向也只能搬走。戴清弢想想就算了，反正学校有租房补助，宿舍就留给新老师吧，也算是帮了陈向的忙。陈向自然感激，自过年许媛的到来，他们之间的关系比以前亲近了些，偶尔会一起喝个酒吃个饭，聊聊近况，要是许媛从清水河大老远过来看他们，那就等同于是节日了，陈向怎么也得请吃个馆子。

他们不主动说，戴清弢也不好问及他们的恋爱情况，不过看起来好像没什么大震荡，双方家人都没能找到他们，他们在家人那里就算是凭空消失了。现代社会，一个人想要消失在亲人的世界里，再简单不过了，其实也就是换个手机号码的事。戴清弢也想消失在亲人的世界里，他甚至连号码都不用换，就彻底消失了。

有一天，陈向却求到戴清弢，要他帮个忙。陈向再次跟戴清弢坦露他和许媛的恋情。陈向说，他们其实骗了双方的家人，说他们认识到错误了，不在一起了，许媛也找到工作，还新交了男朋友，男朋友是个好人，在一所中学当语文老师，很有文化，收入也不错。陈向说当初撒谎也是随便那么一撒，就把戴清弢想象成许媛的男朋友了，他们生活中能遇到的好男人，似乎也只有戴清弢这么一个。戴清弢笑了笑，他其实也暗自欢喜，没有人会介意被人称赞，尽管这称赞他自己都不一定认同。戴清弢说道："这没什么啊。"陈向说："问题是，我们忘了她堂妹也在深圳，听说许媛来深圳工作，就想过去找她，这也没什么，关键是我不清楚这会不会是一次试探，所以想麻烦你，如果那天真的需要用到你，你能配合一下，不好意思，我不该说是‘用’，怎么说呢，是‘需要’，需要你帮忙。”戴清弢不知如何应承，他知道既然都这样了，就推托不掉了，只是要假扮一个人的男朋友而且还是一个好的男朋友，他一点儿经验也没有，他和唐瑜谈恋爱时，他能做到的也就是请吃饭看电影，这对于一个好的男朋友来说，显然还远远不够。

戴清弢既紧张又兴奋，一来是觉得许媛算是一个好姑娘，他乐意奉陪；二来也是想练练手，他这么一个三十好几的大男人，还真没正儿八经跟女孩子谈过恋爱。这么一来，他对那天的到来倒是充满期待。当期待变成等待时，戴清弢又觉出了羞耻。他记得第一次和唐瑜去看电影，沃尔玛边上的银星电影院，看的是陈凯歌的《搜索》，电影讲什么忘得差不多了，记得好像是一个女孩得知患了癌症，在公交车上拒绝让座……电影一开始的伤感气氛，让戴清弢后悔选错了电影，整个观影过程，他都在等待一个合适的机会，能牵到唐瑜的手，或者让她的肩膀靠过来，他沉浸在这样的渴望里同样让他感到羞耻。他总是感到羞耻，仿佛他的每一个小心思小阴暗都被写在了脸上，他无法不在乎，甚至于达到了病态的程度。如果追溯根源，大概也能在记忆里找到佐证，他考上县里的高中后，每周都要往返一次镇里，坐五块钱一程的绿色公交，而每次到达目的地，他总是紧张万分，源于他羞于在一车人面前高喊“司机停车”，如果有人刚好和他在同一地点下车并先他一步喊了“司机停车”，他便如遇大赦。随着年龄的增长，三十多岁的戴清弢当然不至于不敢在众人面前说话，甚至于在众人面前说话已经成了他的职业，只是羞耻之心还是会在他身体的其他角落里时不时探头探脑地冒出来，朝他做个鬼脸，然后相视而笑。

14

南方的冬天从来都是个早泄患者，元宵一过，天便开始转暖了，窗台的山茶花迟迟不开。戴清弢以为养不活了，想找一天带下楼扔了，买花也是一时兴起，一本书都没能坚持读完的人怎么有耐心侍弄花草呢？可就在这天一觉醒来，侧脸过去看见三五朵茶花竟然都开了，红中带粉，粉中又带点嫩白。他打开百度一查，这种山茶花还有个好听的名字，叫鸳鸯凤冠。戴清弢的心情一下子因为几朵花的开放而开阔起来，本来周末，想赖在床上不起，这下他早早起身，洗刷完毕，穿戴整齐，像是有什么重大的事情在等着他。

如果说这是一次相亲，像前面均告失败的两次，戴清弢倒一点儿都不紧张，没有紧张的必要，最坏也不过失败。“今天天气真好”，高兴了再问下人家是做什么的，实在不行，就闭口不语，吃东西，把点的东西都吃完，然后买单，再跟她说再见，实际也是再也不见。戴清弢都经历过两次了，这点经验已经了然于心。这次却不一样，还没开始，就已经意味着“成功”了，成功一旦被预先知晓，便成了一种负担。戴清弢只有失败的经验，没有成功的经验，显然，他跟唐瑜的那点经验是不可取的，要不他俩也不会无疾而终，他都有些后悔应承了他们，一旦表演拙劣，露了马脚，坏了人家的事不说，他的自责也会持续很长一段时间。

约好的是一起吃午饭，许媛问在哪里比较方便，戴清弢想都没想，说就在街头的真功夫吧。两人先在电话里串了一下词。设置的情景是这样的——许媛周末带着堂妹从清水河过来看男朋友，男朋友请客吃饭，完了再带她们到处逛逛，去西湾看海景和红树林，或者看场电影……也就半天行程，只要不出什么意外，基本便能把事情圆满地圆过去。许媛自然觉得抱歉，一直在电话里说“不好意思”，“谎是自己撒的，却要戴老师来帮我圆”。戴清弢突然又觉得事情有点意思，他无意中参与到一对表兄妹的不伦之恋里，这事要是道听途说，他大概会觉得有悖道德，如今有悖道德的人就在身边，竟是活生生的两个可爱羞涩的年轻人，又觉得道德算个屁，在爱情面前，其他都是个屁。

陈向不知道什么时候已经出去了，他必须识相地离开，以他谨小慎微的性子，恐怕会让自己像条冬眠的蛇那样藏起来，坐地铁从深圳这头逃到那头去，像是许媛的堂妹是个千里眼，随便往街上一扫，就能发现他惶恐的身影。时间还早，戴清弢先在客厅里坐了会儿，抽根烟，听了三首张楚的歌，已经听过多遍，几乎都能跟着唱，他尤为喜欢《姐姐》《孤独的人是可耻的》《轻取》。听到第三首时，戴清弢才看见茶几的口杯下面压着钱，他挪开一看，有五百块钱，中间还夹着一张字条，是陈向留下的。陈向写道：“戴老师，真是麻烦您了。”戴清弢明白这五百块钱就是他今天请客的费用，陈向凡事都蛮细心，是个让人舒服的小伙子，戴清弢却不想拿这五百块钱，他重新把钱折好，夹上字条，又压在了口杯下面。

戴清弢突然觉得很舒畅，他下楼逛了一圈，把身上剩的几根烟都抽了，他准备戒一天烟，这倒不是许媛要求的，不过一个人民教师整天叼着根烟确实不是太合适。时间差不多了，戴清弢才转到街上，先到真功夫坐着等她们，人不多，还没到吃饭的点，街上便宜的快餐店不少，除了学生，多数人也不愿意进真功夫。要是平时，学生倒是成群结队，他们不完全是来吃饭，吃了饭还得一边连Wi-Fi上网，一边做作业，占着桌椅，服务员也不赶人。戴清弢先要了一杯山果汁，闻起来味道像是风信子的花香，他还转发了一个有关金正男在马来西亚被两名女子暗杀的帖子，帖子上说，金正男中的是一种名叫TTX的氨基全氢喹唑啉型化合物神经毒素，俗称河豚毒素。TTX是什么戴清弢不知道，河豚小时候几乎天天吃。海南姑娘秒赞，并留下一个笑脸，他知道她今天休假，正和几个姐妹去南山青青世界玩。她乐于在微信朋友圈里公布行踪，恨不得上个洗手间也要P张图发一下。

海南姑娘私信过来，问戴清弢在干什么。

“相亲。”戴清弢回。

“不信，相亲这么大的事竟然不发微信朋友圈。”

戴清弢一笑。

“女孩就在我对面，要不拍个照给你看。”

“好啊。”

戴清弢在相册里找照片，没找到，他想随便拍张，又觉得不好。他转念一想，海南姑娘的微信头像不正好吗？坐在咖啡馆里，看起来像个文艺女青年，他便把她的照片发了过去，觉得自己这么做还蛮聪明。

海南姑娘发来一个捂脸的表情。

海南姑娘又发来一句：“祝你成功。”

戴清弢独自对着手机笑，一抬头，发现许媛已经在他面前坐下来了，随之另一个女孩也坐了下来，不用问，肯定是许媛的堂妹，看起来却比许媛要老练得多。一时仓促，戴清弢不知道说什么好，他只好起身，借机去前台点餐，他甚至都没问她们要吃什么，便自作主张地点了一桌饭餐，看起来都是自己平时喜欢吃的，酸菜卤菜、辣香排骨、冬菇鸡腿，还有蒸蛋、烤翅、布丁等等，摆了一桌，点得有点多了。

除了起初的慌乱，接下来的表现还算自如，戴清弢可以说是谈笑风生，像是在准备一份重要的课件，恨不得把平生所学都呈现在PPT里。吃过饭，他们又逛了西湾公园，戴清弢提出再看场电影，《西游·伏妖篇》或《刺客信条》。许媛推托有事，似乎跟戴清弢使了下眼色，她自然想快点结束，再演下去，被看破的概率就越大。戴老师显然不是一个好演员。

戴清弢假装坚持了一下，最后说好吧，招待不周，还请堂妹不要见怪。

戴清弢送她们去地铁站，在街道拐角，他本可以就此告辞，不知是什么力量牵引着，他坚持着送她们到了地铁口。事后，戴清弢十分后悔，如果他不送她们到地铁口，也就不会遇到海南姑娘和她的姐妹们了。要是平时，遇到也就遇到，没什么大不了，但是这天，戴清弢身边多了两个女孩，身上还演着戏，不过说起来也是引火上身，要不是戴清弢在微信里跟海南姑娘谎称什么相亲，海南姑娘大概最多也就是打声招呼，识相地离开，至少不会问出那句莫名其妙的话来——“嘿，你今天真的在相亲啊？”

戴清弢完全懵了，如遇突发事件却缺乏应对突发事件的能力，干站在一边尴尬地傻笑。

待海南姑娘一行人嬉嬉闹闹着走了，戴清弢才说：“几个同事，她们喜欢开玩笑。”

这个谎一撒就后悔，她们几个实在不像老师，穿着打扮，无不透着一股俗气的时尚。

送走许媛和堂妹，戴清弢倒是舒了口气，像是完成了一节公开课，既要谨慎，又得放松，事后检点得失，总是失落多过满意。戴清弢回到家，发现陈向还没回来，茶几上口杯压着的五百块钱和纸条还保持原样。戴清弢盯着发了会儿呆。

戴清弢有点累，他先洗了个澡，晚饭也不想吃了，想把《太阳照常升起》最后两章读完，然后睡觉。山茶花开得正旺，也许明天就会掉落了。戴清弢用手机拍了个照，当是留影纪念。正看着照片时，海南姑娘发来了条微信，她说她是故意的，终于让她报复了，心情好爽。海南姑娘语气没恶意，开玩笑一样。戴清弢想了一会儿，才想起前不久那句“他知道你在深圳是干什么的吗？”海南姑娘不回复，并不代表她不生气。不过也没什么，大家都是成年人，也是明白人，知道好多事情没什么大不了的，没有什么是不可开玩笑的。戴清弢没回复。他从抽屉里摸出了老妈的手机，有一条未读短信，点开一看，是银行扣款通知。他这才想起自己在小城还拥有一套房，一想起就心绪复杂，不知道是该高兴还是沮丧。总之，事情就这样，和当下的生活一样，不温不火，他只是那温水里的青蛙，貌似暖和，实则严酷将至，要是只傻青蛙倒也罢，坏就坏在这只青蛙是清醒的，它能预知自己的未来，以及残酷的现状。

戴清弢突然想用老妈的微信发一条微信朋友圈，他拍了几张山茶花的照片，说句什么呢？“待到山花烂漫时”，就那么发出去了。她除了关注各种乱七八糟的微信公众号外，就一个好友，儿子戴清弢，除了戴清弢，没有人会给她点赞，只要戴清弢一点赞，也等于所有人都点了赞，至少在老妈那里是这样的。戴清弢默默地给老妈点了赞。

15

半个月后，陈向说要搬走了。那几天他明显情绪低落。

戴清弢问：“要搬去哪儿？换工作了吗？”

陈向说他辞职了，可能不在深圳，要去别的城市，去哪儿还没想好。戴清弢就知道他们肯定出事了。果不其然，他们并没有瞒过许嫒的堂妹，几天前，许嫒的家人来到了她位于清水河畔的宿舍楼，劝她回家，据说家人已经帮她物色了一个不错的男人，等着回去看一眼，如果许嫒点头，马上就能结婚。许媛没表态，当然也用各种说辞拖延着，暗地里却联系了陈向，没别的选择，只能再跑，去别的地方，陌生的，没人认识的，世人再也寻找不着的角落。

“有没有这样的地方？”陈向问戴清弢。

戴清弢倒是一下就想起了东海城，别说是外地人，他在那里长大的，也不想再踏进去半步。老家小城不是还有戴清弢一套房子吗？他还真想帮帮他们，他喜欢他们，陈向也好，许媛也好，在他眼里都是单纯的小青年；再说可能是他把戏演砸了才导致堂妹起的疑心，反正不管是什么原因，戴清弢都掺和进来了。这对他来说也不算坏事，房子留在东海城没派上用场，有人打理，终归是个好事情。

戴清弢把想法跟陈向说了，陈向激动得差点儿跳起来抱住戴清弢。

陈向要付戴清弢房租，戴清弢说暂时不用，如果你们真在小城生活下来了，有了工作，到时再付我房租也不迟，我那房子放着也是放着，你们帮我看管就是。

戴清弢给了陈向地址和钥匙，陈向背着包离开，他先去清水河找许媛，两人约好后半夜出走，先到北站蹲一夜，第二天坐最早一班高铁离开深圳。

陈向走后，戴清弢一个人住那么大的房子，又开始觉得慌张，他想再找一个合租者，在网上贴了启事，却不见有人联系。他甚至问过海南姑娘，想不想合租啊？海南姑娘说她们住的是集体宿舍不用钱。海南姑娘倒是来家里玩过一次，带了一个她的小同事。戴清弢本来约她一个人，目的很明确，结果她带了人来，性质就变了。戴清弢请她们吃了点东西，早早就打发了。他觉得特没劲，好几次都想删了海南姑娘的微信，从此不相识，却也只是想想而已。她说要找一个有钱有车又帅的男人，找到了就不干活儿了，嫁给他。

戴清弢觉得她的理想很远大，比他小时候想当什么科学家、文学家还要不靠谱。

是不是女人都有这么不切实际的梦想？戴清弢想起了唐瑜，她自然不会说这么浅白的话，却也做了同样浅白的决定。自从唐瑜屏蔽了戴清弢后，他就不知道她过的是什么样的生活了，至少是微信朋友圈里营造出来的生活，连这都没有了。一个人要消失，只需要“屏蔽”了外界。再简单不过。学校的流言蜚语倒是一刻不停，别看一些老师平时在学生面前一副道貌岸然的样子，私下里却最喜欢窃窃私语他人的丑事，流言传多了，就公开了，反正被传的人又不在学校里。戴清弢听说唐瑜被抓起来了，她的情人是个贪污犯，年后被揪了出来，有一笔赃款就藏在唐瑜家里，说是有一两个亿……一两个亿，那得是多少钱啊。戴清弢傻想。

倒是，陈向一直没消息。大概也没遇到什么阻力。他们应该在东海城住下来了。海滨小城，虽然脏乱了点，风情还是蛮不错，戴清弢是住恶心了，看哪儿都不顺眼，他们外地人，不一样，陌生的地方总有陌生的好。

有一天，戴清弢收到一件快递，莫名其妙，他没有网购的习惯，打开一看，竟是他交给陈向的钥匙。怎么回事？他打电话给陈向和许媛，却都成了空号。事情变得扑朔迷离，戴清弢甚至都怀疑，一切是否都是幻觉，他根本就不认识他们，这一男一女在他的幻觉里出现了然后又双双消失了。他再致电小城的物业确认，确实没有人带着钥匙去戴清弢的房产入住。也就是说，他们根本就没有去过小城，或者没离开深圳。

戴清弢也是闲来手贱，在百度上搜了一下“清水河”，撇开杂七杂八的无效信息，有两个消息引起了他的注意，一个是有篇小说叫《清水河左岸》，作者是个已故的打工作家；另外一个则是平常不过的新闻，说是清水河附近有位女工投河自杀了……不过看时间，已经是半年前的事情了，很明显那女工不会是许媛。大概是戴清弢想多了，他们可能找到了更合适的地方，他们能把钥匙寄回来说明他们还真是好人，他们之所以避着他，也是想消失得彻底一点，就像一滴水的蒸发，一个人的死去……

好不容易，戴清弢又招到了一位合租者，这人职业不明，倒是白白净净，不喝酒不抽烟。戴清弢趁机也把烟戒了，酒不用戒，本来就不怎么会。戴清弢大概一个月会去一趟维多利亚，轻车熟路，让165号的海南姑娘帮忙把身体里的积怨打出来，有时他也想换人，换个新鲜的，高潮会来得快一些，结果一到，还是叫了165号。“习惯了，”他说，“就像是夫妻生活，久了，不是没有外遇的想法，而是不想打破多年形成的习惯。”他问海南姑娘：“找到中意的男朋友没有？”她说：“找到了，不过没房没车人也不是很帅。”戴清弢问：“那你怎么愿意？”她撇撇嘴说：“他不介意我的工作啊。”戴清弢问：“哦，那你回家帮他服务吗？”她笑着说道：“神经啊！和他就直接做啦。”戴清弢笑着说：“我要是他就偷偷来维多利亚消费，特意叫165号。”

海南姑娘想了一会儿说：“他不会的。他又不是你。”

风台赶鱼人

珍稀之物

旁观害羞者

旁观害羞者

1

处理完母亲的丧事，戴清弢去了小城最大的商场。母亲去世之前，给他介绍过不少女孩子，他都没回来看，仅有几个加了微信，聊过几天就没再说话了，其中有一个是商场里的收银员，她有个蛮好听的名字，叫贾静衣。

戴清弢把车停在螺河边上，先是坐在车里吸了根烟，他看着车窗外的河堤有些异样，至少和年少时的记忆不太一致。一根烟快吸完了，才发现，原来是河堤两边的柳树被砍了，换了两排雨伞一样叉开枝叶的榄仁树。戴清弢觉得还是柳树好看些，河边就应该栽柳，柳枝垂到水面上，就像是女孩子洗头时乌黑的长发湿漉漉地耷拉下来，偏头一甩，就十分妩媚。

贾静衣应该也是一个长发女孩吧。其实又与他何干呢？说不定人家已经把他的微信删了，只是戴清弢一直没好意思发信息验证，他害怕人家真删了，倒也不是说会有不舍，不过怅然若失也是正常心理。

下车，横穿过电瓶车稠密的马路，商场的大门还真气派，看样子真是全城最大的商场，在这儿生活的每个人都需要和它发生关系。戴清弢不知道母亲当初是怎么认识贾静衣的，可能是去广场跳舞时经舞伴介绍认识的，也可能是她上商场买东西，收银员的好态度让她感动，心生欢喜，就主动攀上了话，说她有个儿子，三十多岁了，当然年纪不是问题，男人三十多岁正当时嘛，关键是他职业好，铁饭碗，是个老师，不是乡下的老师，也不是县城的老师，而是在深圳，深圳的老师，小城人都知道，深圳的老师工资高，比县城高几倍都不止。不管是怎么认识的，当天晚上，母亲就火急火燎给儿子打电话，求着让戴清弢回家一趟，说姑娘如何如何地好，职业也干净——在她看来，女孩子只要不是在洗脚城或会所上班，那就是干净的。戴清弢那会儿正忙于带学生冲刺中考，哪有时间回来？不过他也退了一步，说可以先加微信，聊一聊，等放假了再回家看看。

这事不聊还好，一聊就聊黄。其实问题也不在贾静衣，问题还是戴清弢没上心，都快四十岁的人了，还一直以为是二十好几，觉得谈朋友是无关紧要的事情呢。

母亲后来问戴清弢："谈得怎么样啦？有进展没有？"戴清弢说："黄了，人家可能没看上，就别勉强了。"母亲在电话里情绪倒是平静，说："黄了就黄了，没缘分，咱们再找。"谁知道，母亲一夜未眠，竟然气不消，第二天就跑到商场去找贾静衣，当着那么多人的面说："你凭什么看不上我儿子？你不就是年纪小点嘛，图的也就是你年轻啊，要不，你一个小收银员怎么配得上我家的大学本科生？"贾静衣当时估计也蒙了，据母亲说，那姑娘脾气也不好的，当场就和母亲吵了起来，说："你儿子是个哑巴，话都不会说，活该找不到老婆。"母亲说她在商场里丢了人，当时围观的老头老太可都是相识的，要么是邻居，要么是广场上的舞伴，母亲怪儿子没跟她说实情。母子俩在电话里说着说着竟哈哈大笑起来。戴清弢说：“你还是去跟人家道个歉吧。”母亲不愿意，她也犟，她说：“道什么歉啊，要道歉你自己回来道歉。”

戴清弢这次来，其实就是想跟贾静衣道个歉。母亲去世了，他在这个小城剩下的最后一个亲人离开了，这么一走，他可能轻易不再回来了，趁着这会儿，跟贾静衣说声不好意思，同时跟她说，老人家走了，喜欢你当她儿媳妇的老人家走了。没别的意思，就这样。

商场里人很多，戴清弢也不知道眼下是什么日子，怎么商场里人这么多？也可能一直这么多，别小看这儿的人赚得少，花起钱来那也是大手大脚的。母亲就常说，东海人啊有十元要吃出十五元来。戴清弢能想象母亲和贾静衣吵架当天，围观的人肯定也是里三层外三层，活像是县城里来了马戏团。

买点什么吧，尽管真不需要买什么，但不买点什么，贸然去找收银员，也不太好意思。戴清弢便从边上拉出一辆推车，绕着货架走了一圈，从洗刷用品一直转到零食区，杂七杂八的，竟然也拿了半车，多数都用不着，回到深圳，就他一个人过，一袋米吃到发霉，上个月买的奶制品和麦片，眼看就要过期了，吃不完就得扔掉。这个世界上所有以包装形式出售的食物，从来就没考虑过单身者需要的分量，它们甚至还喜欢以“买一送一”的方式进行捆绑式促销，让所有单身者都绕步离开，生怕吃不完倒是其次，主要是那么明目张胆地，无时无刻不在提醒单身者的孤独啊。

是的，戴清弢四十岁了。母亲二十三岁生了他——他一点儿心理准备都没有，母亲会在六十三岁去世，现在这把年纪的人在小城都还不算老人，她也确实没病没疾，身体康健，每天坚持上街，晚上还要去广场跳舞，穿着一身绿色的定制服装。母亲把照片发给儿子看，戴清弢看了笑话她，怎么那么老土，母亲还生气了，几天没理他。去世的前一天，母亲发了微信朋友圈，她无意中拍到一只在螺河里游水的乌龟，游得可快了，她那会儿应该刚从贸易城一楼的菜市场买菜回家，回玉印社区的老厝，过了龙山路口，就得沿着螺河北堤走，一百米不到，就能望见河对面的玉照公园了。戴清弢家的老厝就在公园侧门正对面，门口有棵大龙眼树。母亲在微信朋友圈上还打了一行文字，那对她来说不是件容易的事，一辈子没上过学的她，到了六十多岁时，竟然也可以识字，还能简单写点，确实有些出人意料，大概也是玩微信这么些年给她的动力。母亲说："这只乌龟是不是我放生的那一只呢？"戴清弢当时还点了赞，评论说："肯定是的，它在跟你打招呼呢。"

第二天，戴清弢就接到邻居的电话，说你妈晕倒了，叫了救护车，现在医院。戴清弢第一时间请假往回赶，刚到医院门口，就看见一帮老头老太在门口候着他了，他们无不神情凝重，对匆忙赶到的戴清弢说："你回来晚了，你妈不行了。"

医生说是突发心肌梗死，很快，没什么痛苦。算是善终吧，总比那些得了恶疾最后在床上挣扎半年的人要"好归"——好归是东海人的说法，这词还蛮形象。

2

收银台前排出很长的队伍，戴清弢推着车站在后面，他也不着急。可以确认，他排队买单的就是贾静衣的柜台。他在微信里看过她的照片，她喜欢发微信朋友圈，还爱发自拍，长相虽然普通，一般也不化妆不美颜，让人觉得是挺真实的女孩子。后来就看不到了，估计是把戴清弢给屏蔽了，或者删了。

几年不见——不，应该是从来就没见过，贾静衣跟照片上的还是有些差别，她似乎换了发型，一头清爽的短发，还染了些鹅黄，一身工作制服看起来挺傻，明显大一号，也许她最近在减肥。她并不难看，多看几眼，还有点耐看，总之，挺顺眼的吧。她手脚麻利，扫描，收银，装袋，一气呵成，队伍动得很快，一看就知道是个有多年工作经验的收银员，顾客都愿意去她的收银台排队，边上的收银慢吞吞的，明显是个新手。

快轮到戴清弢时，他突然紧张起来。按理说犯不着，他是来向人家道歉的，不是让人家跟他道歉，给人道歉和让人道歉完全是两回事，况且，这也算不上是真正意义上的道歉，好几年了，说不定人家早就忘了，交了新男朋友，哪还有心思计较那些陈年往事。

戴清弢把推车里的物件一样样摆上收银台，有纸巾、水果、洗发水、牙刷、袜子、薯片、可乐、酸奶、午餐肉、三明治面包，不知道是怎么想的，他还往推车里丢了一包卫生巾，忘了是怎么丢进去的，或者是别的顾客随手一扔，他也懒得拿掉了，一起放上了收银台。

“需要袋子吗？先生。”贾静衣跟他说普通话。他不知道是小城商场的服务习惯，还是他让家乡人看起来已经是个外地人的模样了。

戴清弢点点头，他有些手足无措，从来没买过这么多杂七杂八毫无头绪的东西，一看就知道日子过得不是很讲究。

付了款，贾静衣把货物都装进一个大袋子里，推到收银台的另一端，正等着给戴清弢拿小票。这时候，戴清弢再不开口，就要错过最佳机会了，这一错过，可能就没必要重新来过，直接开车上高速，回深圳了。本来，如果不来商场，他这时候至少应该到白云仔了。

“你叫贾静衣吧？”戴清弢笑着说，尽量显得不那么唐突，“你还记得我吗？我是戴清弢，几年前我们加过微信。”

贾静衣直接愣住了，她歪着头，看了戴清弢一眼，显然是想起来了，抑或都不用想，第一时间就对应上了，不过她还是表现出迟疑的样子，这是女孩子该有的矜持，可以理解。

“哦，有点印象。”她把小票塞进戴清弢手中的袋子里，“你有事吗？”

“没事，刚从深圳回来，这儿没什么朋友，所以想找你聊聊。”戴清弢把袋子从一只手换到另一只手，确实有些沉，“你要是不介意的话，我请你吃个饭，当然，等你下班。”

“你妈妈呢？”看样子贾静衣记得很清楚，这也可以理解，毕竟吵过一架。

“我妈去世了，就几天前，我就是回来处理丧事的。”戴清弢低声说。

后面的顾客已经在催了，贾静衣显然乱了阵脚，不过还能应付。

“好吧，我六点换班，你在门口等我。”

戴清弢不便再多逗留，他转身走出商场，尽量走得从容得体，最好不要让人家怀疑自己另有什么目的。他能感受到贾静衣的目光还停留在后背，说实话，能得到应允，他还是很高兴，毕竟说明表现不错，没有让一个女孩子产生怀疑，哪怕是反感，人家也犯不着应邀。

回到车旁，戴清弢先把货物都扔进后备箱，他站上河堤，又拿出烟来吸，时间还早，离六点还有一个多小时，他不知道这一个多小时要怎么过，是有些漫长。雨季刚过，螺河的水涨了不少，河面上的水浮莲看样子被流水带进了海湾，显得很干净，只是水有点黄，像是刚被人群搅动过。戴清弢小时候经常到河里游泳，摸鱼摸虾，那时候河水可清了，两边的堤岸也还没有用石条砌起来，他们一帮小孩子顺着草面就可以滑进河里去。至少三十年了，如今不但河流变了模样，河两边的建筑物也基本换了新颜，只留下几座老建筑，举目望过去，老酒厂和商贸大厦都还在。“商贸大厦”四个铁铸的大字还立在顶层，只是漆红色变成了黯然的锈色——说是大厦，不过就五六层高，当时却是全城最高的楼房，要不也不好意思挂大厦的名号，如今看样子已没什么实质用途了，迟早有一天会轰然崩塌。

吸完烟，戴清弢回到车里，他想睡一会儿，这几天料理母亲丧事，虽一切从简，能省的都省了，几天弄下来，还是筋疲力尽了。眼一眯，竟真的睡过去了，似乎还梦见什么，茫茫一片大海，他乘船正在靠近一座岛屿，突然起了风，船身摇摆，离海岛却越来越远了，直至只剩下隔着玻璃屏幕一样的迷雾……

“砰砰砰”，戴清弢是被手指敲响车窗的声音惊醒的，他吓一跳，甫一起身，还以为身在深圳，遇到交警抄牌了。他急忙按下车窗玻璃，出现一个短头发的女孩的头，逆着光，定睛一看，才认出是贾静衣。戴清弢连忙解锁车门，示意她坐副驾驶座位。

“介意上我的车吗？”见贾静衣还在车外，有些迟疑，戴清弢探过身子问。

“既然你这么问了，我就不介意了。”贾静衣拉开车门，坐了进来。她看起来比在商场时要活泼多了，至少比较爽快，不磨磨叽叽，这点挺让人中意。

戴清弢这才想起，车后座上放着母亲的骨灰盒，虽用一块红布包裹着，但明眼人一眼就能分辨出来。幸好贾静衣没留意后座，戴清弢还是觉得挺诡异的，像是母亲就端坐在后面，还气呼呼地盯着贾静衣看，当然也可能是笑眯眯地。戴清弢反倒有点暗自欢喜。

戴清弢把车开出停车位，沿着螺河北堤向西行驶，他想带贾静衣去人民饭店吃饭。那家老餐厅几乎与小城同岁，戴清弢打小就记得，只要家里来了远亲或贵客，大人们就会说，去人民饭店吃饭吧。这几天，戴清弢请治丧理事会的宗亲吃饭，去的也是人民饭店。

路上电瓶车很多，戴清弢开得很慢。

“你怎么知道这是我的车？”戴清弢笑着问，此刻他放松了不少，仿佛副驾驶坐着的就是多年的好友，熟悉到可以开玩笑了。

“这还不简单，商场门口只有你的车是粤B开头。”贾静衣像个聪明的小学生，正跟父亲或老师炫耀她的机灵。

3

大厅里客人很多，戴清弢还是不知道今天是什么日子，怎么到处都这么多人。他领着贾静衣往柜台走时，回头问了一句：“今天是什么日子啊？”贾静衣说：“你还不知道啊，今天是父亲节。”戴清弢说：“哦。”仿佛他真的知道父亲节一样，事实上，他第一次听说还有父亲节的说法，并惊讶一个小地方，竟然把一个可有可无的节日过得这么热闹。

好不容易，戴清弢在柜台那里订到了个包间，窗口刚好面临马街，抬头还能看见更远处的烈士陵园纪念碑。戴清弢一边翻菜单，一边问贾静衣喜欢吃什么。贾静衣说随便。看样子，她很少来这么高档的饭店，显得有些经验不足。戴清弢瞬间获得一些心理上的优越感，也没别的意思，只是这样，更能让他发挥一个中年大叔的魅力罢了。

点完菜，戴清弢说：“贾小姐准备送给父亲什么礼物？”

贾静衣正在看手机，从进到包间那刻起，她的眼睛几乎就没离开过手机屏幕。

“我爸走了十多年了。”

“不好意思。”

“没事，我都忘了他长什么样了。”

“贾小姐你是哪儿的人？”

“碣石村。”

“哦。”实际上戴清弢连碣石村在哪儿都不知道，在出去读大学之前，他几乎一步也没离开过城区，周边那些大大小小的村庄一个都不认识。

“你不要叫我贾小姐了，听起来怪怪的，你叫我静衣吧，大家都这么叫我。”贾静衣终于把手机放在了一边。她的手机装饰得可真够隆重的，银光闪闪的保护壳，又有挂带，又有指环，时不时还闪一下，像是舞池里的闪灯。

“静衣，这个名字挺好的。”

“我没觉得，本来我爸当年给我取的是静怡，登记户口时，被我们村的干部写错了，怡字不会写，乡下干部，没读几年书就当官了，只会写‘衣’，衣服的衣，多土啊，我不喜欢。”

戴清弢微笑着，眼前这个女孩大大咧咧的性格开始显现出来了。

“你来东海几年了？”

“十多年了，我十几岁就出来干活儿了，没书读，我妈天天催我出来干活儿，她说来东海，说不定可以嫁个东海人，不用回碣石。”贾静衣吐了下舌头，她并不是害羞，有点故意吐给戴清弢看的意思，如果那时他们发展顺利的话，是有可能结婚的。

“现在应该找到了吧？”戴清弢还真希望她能实现愿望，或者说，实现她母亲的愿望。

贾静衣点了点头，又摇摇头，说道：“是有男朋友了，不过不是东海人。”

“干什么的？”

“装空调的，他说是为了治恐高症，故意干那个活儿。”

戴清弢没说话，他问贾静衣，介意他抽烟吗，贾静衣说抽吧，他男朋友也抽。

上菜了，两人先吃东西，戴清弢还要了饮料，一瓶椰汁和一瓶酸醋饮料。这个时候吃晚饭，时间是早了点，窗外的阳光还没有弱下去的意思，马街上车来人往，从高处看，热闹得像是雨季时螺河上漂流的水浮莲。

离开小城之前，戴清弢被母亲拉着手在马街来回逛过无数回，母亲喜欢逛街，家里缺根葱都要上街走一趟，还非得把唯一的儿子带在身边，像是炫耀一般，说她儿子长得多俊俏，读书又叻仔（广东话：聪明的男孩）。

戴清弢把目光从窗外收回，贾静衣正在拍照，拍的不是人，是桌上几个品相不错的菜式。她可能会发给男朋友看，或者晒个微信朋友圈。

“静衣，你的微信朋友圈是不是把我屏蔽了？”戴清弢笑着问道。

“应该是吧，不过没删，我以为你先把我屏蔽了，后来才发现，你根本就不发微信朋友圈。哈，我这就解锁，把你从姐的黑名单里放出来啊。”她果真像个大姐大那样在手机上操作起来，行使肃杀和赦免的大权。

“没想到，我都被你丢进‘大牢’了。”戴清弢点开贾静衣的微信朋友圈，内容果然丰富，几乎每天都有更新，而且不止一条，原创加转发，至少十条。很快，她就把刚拍的几样菜式也发了上去，当然没说跟谁吃饭——这是她刻意隐去的那一部分秘密，戴清弢此刻就躲在她的秘密里，以这种角色来看她的微信朋友圈，感觉是有些微妙。

“对了，你妈妈看起来挺年轻的，怎么会……”贾静衣完全放松了下来，她甚至把一只脚搁在了边上的一张椅子上，像面对着她的闺蜜，“我还经常看见她呢，有时在河边，有时在广场，不过她如果来商场，就会故意不来我的收银台买单，我心里想啊，你不稀罕我，我还不稀罕你们呢。”

“医生说是心肌梗死，老人不懂，以为只是胸口痛，就没在意，身边又没个人照顾。”

戴清弢挺自责的，这些年，他仗着母亲身体好，生龙活虎的，天天上街跳舞，就很少回家，有时连过年也没回，其实开车也就几小时，就算不想开车，前些年也通了高铁，高铁站就在城东，一个小时就能到达，再坐班车到迎仙桥边，十五分钟都不用，下了车，沿着河堤走几步，就到家门口了。

“她应该蛮好的，对你，这些年为你说过不少女孩子吧——对了，你结婚没有？”贾静衣又不易察觉地吐了下舌头，她快速吐舌头的样子还真可爱，像是个小女孩。

“没结婚，女朋友正谈着，和我一样，也是个老师。”

“女老师好啊，不像我，没前途的。她也是你妈介绍的？”贾静衣明显有些醋意，这种醋意人畜无害，并非深陷爱恋之中的恶意，而是女孩在面对比自己优越的女人时那种近乎自然流露的嫉妒感。

“不是，我妈后来死心了，没再给我介绍女孩子了，她觉得这种事还是让儿子自己去把握吧。”戴清弢尴尬一笑，“那时她还蛮喜欢你的，一个劲儿地催我回家，我刚好又忙，实在没时间抽身回来。”

“说真的，你要是回来，我们就成了。”贾静衣的脸微微红了起来，她应该是说出了心里的真实感受，也就是说，戴清弢给她的印象不错。

“缘分吧，后来弄成那样，实在不好意思，我一直觉得很抱歉的，毕竟过错在我，是我怠慢了你，也是工作忙，没办法分心。我还劝我妈去跟你道歉，说人家一个女孩子，在大庭广众之下被质疑，影响很坏。我妈叫我自己回来道歉，所以……这次，处理完丧事，本来今天下午就要回深圳的，突然想起来要请你吃个饭，算是正式道歉吧。”

“嗨，我都忘了，事情没那么严重。”贾静衣反倒有些不好意思。

“你现在住哪儿呢？”戴清弢看了下手机的时间，“不介意的话，我等会儿开车送你回家，我再上高速。”

“我就住商场给我们租的宿舍楼，算了，我待会儿叫个三轮车就行。”

“也行，尊重你的意思。”

“那你以后还回来吗？”贾静衣话里竟有一种不舍的情绪。

“没什么值得我回来了，当然，”戴清弢停顿了一下，“还有一间老厝在这里，实在也不知道怎么办。你要是有空，帮我去看看，如果有一天没地方住，也可以搬进去住，我不收你租金。你知道我家在哪儿吧？”

走之前，戴清弢把老厝收拾了一遍，电器都断了电，来不及用掉和吃掉的物件也一并处理了，他还放了一些老鼠药和樟脑丸。这一离开，真不知道什么时候再回来，一年，几年，十几年，都说不定。他本可以委托人打理，或者租出去，最后都没能下决心，小城已陌生得让他想不起值得信赖的人了，亲人相继过世，朋友早就陌路——就让它留着吧，有一天它自己挺不住了，会躺下去休息的，跟母亲一样。

“大哥人真好，现在是不需要，商场是包住宿的。你家我去过一次，你妈带我去的，我记得门前有棵龙眼树。”

“看样子记得很清楚。”戴清弢笑着起身，“你有需要就联系我。”

4

吃完饭，戴清弢还是送贾静衣回到了位于南华社区的宿舍楼。

他们在老车站前的十字路口道别，临走时，戴清弢突然下车，打开后备箱，把白天在商场买的一大袋物件提给贾静衣。他说，反正带回去一个人也用不完，和女朋友是异地恋，暑假才能见上面。

贾静衣接过沉沉的袋子，想说句什么，又没说出口。她站在路口目送戴清弢的车驶上国道，去往霞湖高速路口。

夜晚的县城自有一种小巧的迷人氛围。

戴清弢这几天白天忙碌，夜里基本都在老厝待着，如今开车穿行于小城主干道，两边的灯火招牌把街市装扮得错落有致，这个热闹的父亲节之夜，让他觉得这儿也不是那么难堪，有时间回来看看，带上女朋友，其实也蛮好，心里一旦有了念想，感觉就好受多了，驱车离开时，也没有了诀别的意思，只是出一趟远门，是的，出一趟远门。

车里放着张楚的《姐姐》，“哦姐姐，我想回家……”

每唱到这一句，戴清弢就会情不自禁跟着唱。一个中年男人，听来听去也就那么几首老歌了，有时跑长途，甚至还单曲循环，车上如果有其他人，他可不敢那么干，那样会让人怀疑车主脑子有问题。

车开得有些快，自上了高速，车速都在一百以上，八点刚过，就到了白云仔。戴清弢把车开进服务站，除了上厕所，他还想跟女朋友汇报下行程。

女朋友叫毛颖，在宁城边郊一所特殊学校当老师。这次她本来想请假来送老人一程的，戴清弢没同意，他觉得他们还没结婚，没必要。母亲在世时，戴清弢就曾带毛颖回来过一趟，清明节，还一起去海边祭拜了父亲。父亲三十多年前死于一场海难，作为一个渔民，他最终葬身海底，也还算是个归宿。所以，戴清弢一家并没为父亲修山坟，每年清明就去海边，为父亲烧点银锭冥纸，算是告慰。

母亲对毛颖还算认可，也有一些失望的地方，比如她觉得毛颖不够活泼，相夫教子可以，事业上对戴清弢的帮助不大，不但不大，还有可能会拖后腿。母亲一直想给戴清弢找一个机灵一点儿的，性格上至少爽朗大方的，才能弥补他在这方面的薄弱。戴清弢觉得母亲想多了，嘴也碎，没女朋友时，天天介绍，真有了女朋友，她又开始嫌弃了。

戴清弢清楚，母亲嫌弃的，其实就是这个女朋友不是她亲自介绍的，没经过她的手，过过目，探过家风底细，就显得很不正式了。确实，在认识毛颖之前，戴清弢对她的家底一无所知，只知道她有个妹妹和他是同事，某天聊起，说她姐姐还没谈朋友，就加了微信，聊着聊着，就好上了。三年了，毛颖每个暑假都会来深圳找戴清弢，两人也同居了，第一次做爱时，发现她还是个处女，都快三十岁的女人了，还是个处女，真让人惊讶。戴清弢这辈子算是认定她了，心头但凡有任何不忠的想法，都仿佛是一种罪过。

毛颖很快回了微信，让戴清弢开车注意点，到了深圳先去找点吃的。戴清弢当然没敢把在老家约人吃过饭的事情告诉她，谎称没吃饭就上路了，几十岁的人，还有求怜悯的心思，以前在母亲面前会这样，现在只能在女友面前表现了。

戴清弢坐在车里，夜里的服务站显得有些寂寥，眼下不是高峰时节，深汕高速的车流不多。鉴于这条高速的起始地是深圳，尽头又是潮汕地区，所以它最拥挤的时候应该是清明前后。去年带毛颖回东海城，几乎堵了一路，都差点儿在车里睡着了，平时三个小时的车程竟然耗了一天。到东海城时，他又差点儿下错高速，愣是不相信导航的提醒，其实在他眼里，那个突然出现在高速边上的小城，可怜巴巴的，像是有一次和同事自驾游，在安徽境内，路途所见的那些灯光落寞的陌生的路边小镇。

竟然有些困了，戴清弢的眼皮不由自主地耷拉下去。一辆货柜车呼啸而过，拖着喇叭震天响，把他吓醒了过来——就那一瞬间，他突然不知道自己身处何地，像是脑袋遭遇重启，空荡荡的一片空白，又分明有一些伤心事，使他的胸口像刀拉过似的一凛……他趴在方向盘上哭了起来。

5

他们计划在年底结婚，不过在结婚之前，得先把毛颖工作调动的事情解决了。

凭借东拉西扯的关系，戴清弢苦找了一阵，总算有点眉目了，老东家青元中学有招聘名额，不出意外的话，九月份开始，毛颖进去带几个班的美术，暂时签的是劳务派遣合同。这算是蛮好的机遇了，对于一个想从边缘城市跳槽到深圳来的老师而言——况且，毛颖在特殊学校待了十几年，带主科的能力基本丧失了，每天面对那些特殊的孩子，其实就像个幼儿园老师，只要哄住他们，不闹事不作恶，就万事大吉了。幸好，她还坚持了一项爱好，就是画画，跟她妹妹一样，手头都有才艺，她妹妹以前也是青元中学的老师，带舞蹈团，获过不少奖项，后来调去了市内的职业院校。

按理说，离开特殊学校是毛颖一直以来的愿望，可是真的决定要走时，她却又犹豫了起来。戴清弢跟她说："事情基本搞定了，饭也请了，礼也送了，一个当上副校长的前同事亲口答应的，没问题，学校刚好缺美术老师，来了就是扛把子。"毛颖听了一晚上没睡好，第二天跟戴清弢发微信，说："能不能再想想？"戴清弢生气了，问她："那我们还要不要结婚了？我可不想结了婚还分隔两地……"虽说青元中学离戴清弢现在工作和居住的地方是有些远，西乡和坪地，可以说几乎横跨了整个深圳，跑一趟比回东海快不了多少——也总比分隔两城要好。

毛颖最后还是妥协了，开始办理离职手续，和那些特殊的孩子告别。她在跟戴清弢说起这些事情时，声音哽咽，都快哭出来的样子。戴清弢不难理解，他以前在青元中学带毕业班，分离时也不好受，却不至于哭起来，毕竟一年又一年，一届又一届，其实已经麻木了。他不知道特殊学校是否也按正常的规律升学，可能是，也可能不是，就是说，有些学生说不定跟了毛颖不少年，那种情感就不是一般老师可以体会的了。

当然了，落下后遗症也是肯定的。戴清弢记得他们刚认识时，毛颖曾跟他说过，她害怕结婚，具体是害怕生孩子。当了那么多年特校老师，整天面对的都是身体和智力残缺的孩子，心里早已产生了阴影，总担心自己也会生出同样有问题的孩子来。一想到这，她就害怕，烦躁，惶恐，睡不着觉，甚至有了接触异性的心理障碍……戴清弢知道毛颖所担心的事情不可能发生，那玩意儿又不是传染病，只要他们健康，他们的孩子，也一定会健康。

有一段时间，戴清弢挺喜欢听毛颖讲她在特校里的事情，像是一种猎奇心理，有机会还想去看看，毛颖并不怎么欢迎，她说最好还是不要来，那儿不是一道风景，而是一处伤口，都是骇人的景象……有些学生正上着课，突然把头撞向玻璃窗户，玻璃碎了一地，血也流了一地。自残还好，有的病情一发作，就追着人打，打学生，也打老师……戴清弢刚开始听还挺惊奇，后来就厌烦了，只要毛颖稍有苗头，他就立刻制止，或转移话题，他感到莫名的恐慌，又不想明显流露出来。

这几年来，戴清弢其实一次也没去宁城找过毛颖。每到暑假，都是毛颖坐客车来深圳，路途遥远，大概要七八个小时车程。有时，戴清弢也会给她订飞机票，宁城机场直飞宝安机场的飞机，短途小型的，要快很多，价格也不高，他再去机场接她回坪地。本来这个暑假，戴清弢也准备订机票的，不用提前预订，随时有座位，放暑假前一天都来得及。毛颖却没同意，说她不喜欢坐飞机，天上除了云朵还是云朵，太无聊，还是乘客车有趣一些。戴清弢听了，突然有些心疼，这应该是毛颖最后一次从家乡出来了，暑假过后，她就要在深圳上班了，以后回宁城，就是回娘家了。他们都是一把年纪的人，也很默契的，没把结婚看得那么隆重了，但是，总不能让她还像往年那样拖着大包小包，像个刚进城找工厂的乡下小妹吧——以毛颖的性格，是不会计较这些细枝末节，戴清弢终归还是过意不去，于是便决定，暑假亲自去一趟宁城，郑重见过岳父岳母，再把未婚妻接来深圳。

当然，那时，戴清弢还不知道母亲会溘然去世。

6

回到深圳家里，戴清弢想先睡两天再说。

学校给的丧假是一个礼拜，还剩一半时间，足够好好休息。其实教学也临近期末，课程已经授完，进入了复习阶段。工作上的事，戴清弢早已不抱什么野心，但求不出错就万事大吉，至少目前是这样子。三年前，他就是因为“犯了错”才调离青元中学的——在一次文学社的采风活动中，有个学生突然失踪了，虽然警方及时介入，没酿成大祸，不过影响很大，也很恶劣，新闻媒体还做了跟踪报道，直接导致校长提前退休，而作为文学社的负责人、采风团的领队，戴清弢自然免不了受处分，随后便被调离青元中学，来到了偏远的坪地，仍是语文老师，也仅仅是个语文老师，连班主任都不放心让他做了。

如今教学之余，戴清弢还接点兼职，收入比之前不减反涨，除了还房贷，生活还挺宽裕。也幸好是学校足够偏远，几乎就在深圳边缘，步子走猛了，还会一头扎进惠州地界——所以嘛，房价自然不会很高，取深惠的中间数吧，一般小区，也就每平方米两三万元的样子，小产权和二手房则要便宜些，地段差的，一万元以内就能买到。戴清弢和毛颖确定关系后，觉得在深圳再没个定所就太不像话了，都不好意思跟人家姑娘提结婚的事，于是就把买房的事提上了日程，去年终于咬咬牙，买了套二手房，八十平方米，地段也不算差，就是小区有些年头，站在阳台往下看花园，都能感觉到暮气，幸好抬头远望时，能望见黛色的群山。

戴清弢住进来半年不到，十几年的房子，装修早已过了时，他也懒得动了，缺钱是一方面，主要还是不喜欢折腾，只是配了几桶油漆，工人都没叫，自己利用周末的时间就把墙体给刷了，客厅刷了暖黄色，主卧刷了天蓝色，次卧刷了粉红色——暂时作为书房，日后有孩子了再改为婴儿房。虽然手艺不精，刷得不是很匀称，看起来也焕然一新，夜里把全部的灯都开起来，空间小，光亮就显得很足，整个家亮堂堂的，像极了要结婚时闹洞房的样子。然后，柜子、茶几、餐桌、冰箱、电视往家里一摆，气氛就出来了。第一天晚上，戴清弢坐在客厅的茶几前，边泡茶边看电视边抽烟，几乎一夜无眠，那个兴奋，自己都忍不住要笑话自己，四十岁的人才买房子，怎么就感觉跟长大了才拥有童年梦寐的玩具似的?

半年过去了，新鲜劲儿正在慢慢消退，戴清弢有点期待暑假的到来，毛颖还没住过他们的新家呢，之前来深圳，他们窝在学校租的握手楼里，常年不敢开窗户，隔壁楼房的人伸手就能把他家厨房的酱油拿走。这个暑假，他们除了久别重逢的喜悦，还有新家带来的兴奋——至少毛颖是，凭她精细过日子的性情，到时免不了对新家又是一番打扮。戴清弢就不管了，他把硬件都购置了，剩下的细枝末节，就留给毛颖去补充润色吧。

上午醒来时，戴清弢都搞不清楚到底几点了。房子阳台朝西南，早上好长一段时间，屋里的光线并不充足，太阳都升起来老高了，还感觉是清晨的样子。起身后，戴清弢先洗了个澡，昨晚到家时已经很晚了，也没听毛颖的话去找点吃的，困得倒床就睡了。早餐就省了，准备叫个外卖当午餐。平常，戴清弢并不喜欢外出，除了上下班必走的路径，周边其余的街区，哪儿有步行街，哪儿有商场，哪儿是菜市场……对他而言，都完全是陌生的地方。他介入一个地方的时间总是比别人迟，说是慢热型，也太慢了点，和人交上朋友至少要三五载，对一处新地的熟稔没有一两年拿不下来。就算熟了，也不喜欢到处去，他不爱热闹的人群，无事逛个街溜下商场什么的，在他看来是天底下最无聊的事情了——熟悉的目的无非是因为怕迷路，不至于找不到家。

戴清弢坐在沙发上发了会儿呆，才想起母亲的骨灰盒还放在门口转角的餐桌上。昨晚随手那么一搁，就忘了。事实上，他也没想好该怎么处置，或者说，放哪儿比较合适。他是想过把骨灰盒留在老厝，又担心常年不回去，被野猫什么的踢翻了，摔地上就是一地灰尘，还是带走吧，带在身边比较妥当。母亲一辈子死守小城，连跟儿子出去散散心都不愿意，当真到死都没离开过。戴清弢心里清楚，母亲其实还心存幻想，以为当年父亲他们很侥幸，大难不死，被人搭救了，或者趴在木板上漂荡到了对岸的香港，说不定哪一天他就笑盈盈地回家了，带着一身洗不干净的鱼腥味，一步一步踩着码头的石条台阶，然后双手合十，拜一拜眼前矗立的妈祖石像……父亲的死之所以还能给母亲留下幻想，就是因为尸体没找着，怎么可能找着呢？连渔船在哪儿翻的都不知道。正是心底尚存的一丝希望，才支撑母亲快快乐乐地在小城活了这么多年吧。戴清弢望着餐桌上被红布包裹的骨灰盒，心中突然泛起一阵苦楚，没想到母亲来到他的新家，竟是以如此一种四四方方的诡异的方式，不知道的还以为是一壶包装严谨的美酒，一方茶叶，或者一盅浓汤，正等着主人上餐桌享用呢。

抱着骨灰盒，戴清弢转遍了整个家，也找不到一个合适的地方放置。卧室、厨房和阳台显然都不合适，那么就只剩下客厅了，沙发茶几电视柜排除后，看来只能放在玄关的格子架上。戴清弢搬来凳子，踮起脚，终于把骨灰盒放进了玄关最顶端的格子上，刚刚好，像是专门为它量身打造的空间。如果毛颖到时不问，戴清弢不说，在不知情人的眼里，它可能就长成了玄关的一部分，盒子的颜色和木板的花梨贴皮也很相近。

妥善安置好母亲的骨灰盒，戴清弢这才放下心来。他费了些时间收拾了下房间，洗了衣物，连地也拖了。接着又想起给物业打个电话，催促楼上洗手间漏水的事得快点处理了，都拖了一个星期了。楼上住着一对老人，那天戴清弢发现卫生间天花板有水渍，噔噔跑上去敲门时，老人家还以为是他们的儿子回来了，高兴得一路小跑过来开门，差点儿就“儿啊”脱口而出了。倒也不是什么大事情，就是天花板有点水渍，看着不顺眼，老人家答应等他儿子回来了再请人来修。这会儿电话里，物业客客气气的，说楼上人家的儿子出差去了国外，估计要等几天才能回来呢，再等等吧。戴清弢没再说什么，挂了电话，心想离暑假还有半个月呢，只要这期间能修好，都不算迟——他不想让毛颖瞧见渗水的洗手间，坏了好心情。

7

宅在家的日子过得挺乏味的，手头的书也读完了，假期还没结束，戴清弢就提前上班去了。他热爱教书这份工作，十多年了，站在讲台上的感觉早融进了他的血液，以至于他只有站着说话才显得自信满满，一旦坐下来，整个人就窝着了，像是身体某个地方泄了气。

这些年，他教过的学生，一届又一届，走马灯似的，也算是桃李满天下，逢年过节总能收到学生从全国各地发来的祝福，成绩好的，一般般的，还有差的，上课时最捣蛋的……到最后，其实一点儿区别也没有，通常也都想不起那些熟悉的名字背后对应的脸蛋了。

要说让戴清弢终生难忘的学生，也不是没有，只是他一般不愿跟人提及，因为正是这个学生，几乎打乱了他的职业规划，甚至可以说，大好前程都让他给耽误了。

这个学生的名字叫文鼎。

三年前，戴清弢第一次接触文鼎时，就感觉他和别的学生不太一样，这不一样其实也说不上所以然，就是一种微妙的感觉。要说成绩吧，文鼎也不差，还称得上优秀，尤其是能写一手好文章，读过的书也多——问题可能就出在读书上，他读的书跟别人不一样，至少不是教材上推介的，也不在语文组推荐的书单里，他读的书都比较偏门，书名和作者都很陌生。戴清弢好歹中文系出身，教的也是语文，算是懂文学的人吧，可是每次见文鼎把书带到课堂上，放在书桌底下，埋头阅读时，他故意走过去，伸手去翻开封面，几乎没有一本是他读过，或者听说过的。他还特意回家百度了下，发现还真不是什么地摊货，或者网络小说，个个都是名气很大的作家，欧美的，日韩的，拉丁美洲的，获得过布克文学奖、诺贝尔文学奖，等等。只能说，戴清弢孤陋寡闻了，换句话说，他也就略懂皮毛，在一般的学生面前是够用的，但在文鼎面前，他还真的有些胆怯。戴清弢还发现，文鼎偏爱的作家都有一个共同的特点，就是文风都比较丧，主题也颓废消极，作者要么是同性恋，要么早已自杀身亡……像太宰治的《人间失格》，文鼎至少读了好几遍。这让戴清弢隐约有些担忧，加上文鼎本身性格就比较孤僻，准确地说，是自傲，别说同学，老师他都有点瞧不上，在班级里就是独行侠，课间时间，同学们都闹翻天了，只有他一个人埋头读书。凭多年的经验，戴清弢知道，这不算是好的信号。

没过多久，学校文学社要组织采风活动。戴清弢作为语文组组长，文学社一直是他牵头带领的，类似的采风活动每学期都有，一般情况下，活动范围就控制在珠三角，深圳的周边，他带领文学社去过东莞可园、广州陈家祠和惠州西湖，最远也就去开平看了碉楼。当时戴清弢夸了海口，答应要带文学社社员去一个刺激的地方，于是那段时间他脑瓜发热，竟寻思着带他们出海去外伶仃岛。校长竟然也同意了他的申请，只有一个要求，就是保证安全。那么重的责任压在肩上，戴清弢没丝毫退意，他更为受用的是孩子们的欢呼声和尖叫声。不过，接下来做筹备工作，联系旅行社，买保险，征求学生家长的同意并签订同意书，杂七杂八，戴清弢才知道完全是自找苦吃。当然了，他还是觉得值，出发那天，站在学校门口，眼看所有文学社社员雀跃地登上去往码头的旅游大巴，几乎是他从教生涯中见过的学生最开心的一次。

按原计划，早上出发，傍晚回来，海岛一日游，时间是有点紧，对旅行社而言显然轻车熟路，天天带团，不会出什么问题。结果还真出了意外——那天早上天气本来很好，看不出异常，到了下午，突然就变了脸，眼看风雨将至，整个海洋和岛屿都陷入漆黑之中，船运暂停，景区封锁，所有游客都躲进了酒店。突发事件让戴清弢乱了方寸，只好临时改意，在岛上过夜，征得校长和家长们的同意——他们也不得不同意，本来也不是什么大不了的事情，登记了酒店，风暴之夜，看似是个意外，也可以算是惊喜，能激发社员们的创作灵感，回去后写文章就有故事了。谁知道，第二大一大早，戴清弢在酒店大堂集合社员，正想着带他们上伶仃主峰看日出呢，点来点去，却发现少了一个人。那时他心里就已经有了不好的预感——不会是他吧？是的，他担心的就是文鼎，因为戴清弢让所有社员都联系家长时，只有文鼎声称不需要，他说他经常在外面过夜，父母不会担心他的。戴清弢怀疑文鼎之前上交的同意书也是他自个儿签的名，根本没经过家人的同意。

怕什么来什么，最后确认，失踪的就是文鼎。据跟他一个房间的同学说，文鼎似乎看了一夜书，早上起来，就不见人了，床上的被枕和床旗都好好的，没动过。

事情都过去好几年了，要说怪吧，戴清弢也只怪自己运气不佳，摊上那么个事情。调到新单位后，他总算学乖了，凡事都不插手，想插手也没机会，那个轰动一时的学生岛屿失踪事件就是他职业生涯上的污点，谁都会刻意瞅上几眼，瞅得他心里发麻，认栽认输。清闲倒也是真的清闲，这几年，戴清弢阅读量大增，且方向上有了重要改变，以前他的阅读一直是中规中矩的，读的都是公认的名著，充满蓬勃的正能量。要说现在的阅读属于负能量吧，也不能这么说，总之是另一种人生样式，悲伤也好，忧郁也好，怀疑的，丧气的，绝望的，当然最终都是人性的……那些情绪，于现在的戴清弢看来，似乎要更为迷人一些了。

戴清弢特意在杂乱的办公室墙角摆了个小书架，网上淘的那种楠竹组装书架，挨着自己的办公桌，伸手可取。书架上摆放的都是与教学无关的书籍，文学的，哲学的，尽是些陌生而深奥的书名，作者也都是难以记住的外国长名。他故意的，像是摆上一双眼睛，散发出故意挑衅的目光，面向所有的同事与领导。他甚至还有一种执拗心理，越是偏门的书籍，越有摆上书架的冲动，什么陀思妥耶夫斯基、马丁·海德格尔、恰克·帕拉尼克、罗贝托·波拉尼奥、约瑟夫·布罗茨基、芥川龙之介、苏珊·桑塔格、格雷厄姆·格林……像是私人的阅读展览，最好让同事们都不好意思靠近，更不敢试图探讨。这样一来，戴清弢内心深处才深藏窃喜，像是以某种隐秘的形式掰手腕，自己显然就是那个隐形的赢家。如果有人说："嘿，戴老师，你怎么越来越像你的学生文鼎了？"他肯定会吓一跳，并极力否认这一事实。

读书之余，戴清弢也喜欢刷刷微信朋友圈，尽管他自己不发，在暗处看着别人发，感觉也挺过瘾。尤其是能重新看贾静衣的微信朋友圈之后，更是让他随时都有新鲜东西可看，贾静衣每天原创加转发，至少要发十条以上，每天不落。戴清弢难以想象，竟然有人如此热衷于发微信朋友圈，要是以往，他非得把这人拉黑不可，实在不能拉黑，也会设置不看他（她）的微信朋友圈，眼不见为净。奇怪的是，他却被贾静衣的微信朋友圈深深吸引了，像是有某种莫名其妙的魔力，吸引着他一条一条往下刷，等着她继续发，她有时发晚了，还会不习惯，担心她是不是出了什么事。可以说，刷贾静衣的微信朋友圈成了戴清弢枯燥生活中的一抹亮色。

老是看人家微信朋友圈，不现身表个态，像个偷窥者，至少不够光明正大——要说不光明正大也不是一天两天了。不过，面对贾静衣时，他在适当的时候，适当的频率下，还是会评论一句，或者冷不丁点个赞。他乐意这么干，至少保证这么干是安全的，因为他们之间，如果没什么意外的话，应该没有共同好友。如此一来，戴清弢评论也好点赞也好，就都是私密的行为，只有他们“你知我知”，其他人一概不知——这种看似公开的私密让他有了偷欢的快感。

8

收到贾静衣的私信时，戴清弢刚下课，正准备去打球，球服都换好了，手机刚要放进储物柜里，信息就来了。拿起一看，是贾静衣的，小城见面之后，她还是第一次主动发信息过来。点开，是一条语音。戴清弢平时蛮烦人家发语音的，除了母亲，他不理解其他人为什么热衷于发语音，急事致电，闲事留言，语音确实是挺尴尬的存在。

贾静衣的语音就不一样了，它似乎隐藏着不一样的意味。

戴清弢急忙点开来听。声音很大，也很杂，像是站在大街上，有呼呼的风吹过。贾静衣问戴清弢，看了她的微信朋友圈没有，她失业了，跟同事干了一架，被炒鱿鱼了。

点开微信朋友圈一看，贾静衣确实在半小时前更了新，一张头发凌乱的自拍照，眉目间还带着指甲抓痕；另外一张则拍了地上的被褥和锅碗。很明显，她不但被炒了鱿鱼，还被人从宿舍里赶了出来。

戴清弢不知道贾静衣是什么意思，仅仅是告知现状，还是有求于人？

他回：“都这个时候了，准备搬去哪儿？先找个旅馆住下来吧。”

她回："没钱啊，工资被扣了，都怪我们，打架归打架，还打烂了老板的物件……"后面附一个捂脸流泪的表情。

他本想回："那你男朋友呢？"

她却率先回："跟男朋友也分手了。"

他想回："我能帮到你什么吗？"又觉得明知故问。

她又回："能借我点钱吗？找到工作了我立马还你。"

戴清弢有些悔恨，他不应该迟疑这么久，让人家一个女孩子先开口。

还没等他说话，她的语音又发过来了："放心，我不是那种女人，熟人也有，就是不想开口，反而觉得跟你说，比较自在。"

戴清弢理解贾静衣的感受，显然他们都把对方当作真空的新鲜物品，只要真空袋完好无损，他们就安全地躲在一个纯净的空间里，不被外界打扰，也不会被侵袭。

他随即给她转了一千块钱过去。

隔了一会儿，她说："我能不能去你家暂住几天？现在去住旅馆也不是办法，租房又来不及，天都快黑了。"

戴清弢这才想起来，他是跟贾静衣说过，需要的话可以去他家的老厝住。

"这样，"他说，"你搬过去吧，螺河边，玉照公园对面，玉印社区三巷八号，门口有棵龙眼树。门是锁着的，我把钥匙藏起来了，龙眼树下不是有盆三角梅吗？你用手往里面掏，有个纸盒子，就藏在那里面。老厝是旧了点，不过还行，我都打扫干净了。对了，家里放有我妈的遗照，你要是觉得害怕，就上炷香，我妈是个好人，不会计较的。"

她说："大哥，谢谢您了，等我找到工作，就付你房租。"

他说："不用，老厝没人住也怪冷清的，你要是喜欢就住着吧，正好帮忙打理。"

贾静衣好大一会儿没再说话，估计是忙着在大街上拦三轮车，拉东西去玉印社区了。

戴清弢又站了一会儿，确定没再有语音进来，这才把手机放进储物柜里。他心情还是蛮舒畅的，并没有后悔，觉得吃亏什么的，老厝就那么放着成了野猫的住处也不是办法，有人住着帮忙打理，有了人气，屋子才不会那么容易老朽，这跟人是一个道理的，时不时地，他也得和同事们打打球，动动筋骨啊。

打完球，大汗淋漓，戴清弢回来换衣服，取手机时，发现贾静衣又发了几条微信过来。她说她搬进去了，这是她进城十年住得最宽敞的一次。她说她真的没想到，阿姨生前曾带她到过家里，吃过阿姨亲手做的咸茶，后来是有些不愉快，如今却和阿姨住在了一起。最后她说："你和阿姨都是好人，是我在东海遇到的最好的人。"

戴清弢觉得贾静衣还真不简单，不是一般的女孩子。

自那之后，他们之间的关系也就更近了一步，贾静衣管戴清弢叫哥，时不时地，她会私信他，问早安道晚安，有时则发来老厝的照片，打扫得干干净净的地板，门口那棵龙眼树，枝叶繁茂，有时甚至还发她的自拍照，明显经过修图美白了，更多则是汇报她找工作的情况，生活的趣事，等等。戴清弢一般也不回，偶尔发个表情包，说句鼓励的话。一般情况下，当天夜里，在睡觉之前，他就得把跟贾静衣的聊天记录删掉。他得养成这样的习惯，否则暑假一到，毛颖从宁城过来一起生活，他不想由此产生不必要的麻烦。

贾静衣很快就找到了新工作，还是收银，只是东家不再是商场，而是一家茶餐厅，在马街尾，距离玉印社区不远，走路的话，过玉照桥，穿过玉照公园，就到了。

贾静衣说："哥要是回东海，我请你吃早茶。"

听到这话时，戴清弢正在家里泡一碗泡面，想往面汤里加点什么，翻了半天冰箱，才翻出一块午餐肉，想放锅里煎一下，又嫌刷锅麻烦，只好直接用刀把午餐肉削进汤水里，像是山西的刀削面，连动作都有些近似。手机就放在厨房案台上。贾静衣和毛颖的微信同时进来了。戴清弢竟有些紧张，像是她们两人同时出现在厨房门口，这当然是尴尬的事情，即便他对贾静衣完全没有多余的想法，也不得不接受毛颖的怀疑，有人怀疑，就得解释，解释如果不清楚，或者人家压根儿就不相信，那么就还得继续解释。这是更为麻烦的事情，戴清弢最忌讳把自己陷入这样的泥淖里，这也是他一直拒绝情感的原因。

毛颖问他晚饭吃什么，别老是吃泡面，自己做点，要么叫个好点的外卖。

戴清弢说："是的，就是叫外卖，隆江猪脚饭，最实惠了。"

毛颖说："你们放假了吗？什么时候来宁城？"

戴清弢说："过两天吧，还有些事情要处理。"实际上也没什么要紧事，需要用到"处理"这样的用词，上商场买些物件却是必须的，毕竟是第一次去宁城，第一次见准岳父岳母，见面礼总免不了——也确实，上商场对他而言不算是件小事情。

电视上正播着央视十套的考古节目，摄像机随着阴暗的墓道一步步前进，配乐也变得惊悚起来……洗手间原先渗水的地方越来越严重了，滴滴答答的滴水声，在客厅也能听见了。楼上老人的儿子什么时候会从国外回来呢？他可能再也回不来了……茶几上的手机突然又震了一下，是贾静衣，已经是第二条语音了。

她说："哥，有空吗？"

她又说："哥，我想跟您商量个事。"

戴清弢看着手机，没动，他继续等着贾静衣说事。

果然，隔了一会儿，贾静衣终于说："是这样的哥，我和我男朋友复合了，他想搬过来跟我一起住，我没敢说这是你免费让我住的房子，那样的话，怕他误会，所以，我跟他说是租的房子，如果您觉得没问题，以后就由我男朋友出租金，当我们真的是跟您租的房子，这样可以吗？"

听完语音，戴清弢有些不悦，他明白贾静衣的意思，可是，他既不想把母亲留下来的老厝租出去，更不想租给一对情侣。母亲如果在天有灵，肯定得怪死他了，怎么可以这样，让一对乡下来的情侣在母亲的遗照前打情骂俏，甚至肆无忌惮地，调情、做爱、叫床……母亲守寡几十年，死后却要遭受这样的辱没。戴清弢越想越不对劲儿，说不定，贾静衣也不是在征求他的意见了，她男朋友早就搬进去住了。他把最后一点儿面汤喝掉，擦干净嘴，点烟，电视里解说员还在以诡异的语调讲述一处汉代墓葬。他突然骂了一句什么，像是解说员犯了某个低级错误惹恼了他，"妈的，乱来"。他拿起眼前的手机，心里确实有些懊恨，请神容易送神难呐，他回了三个字："不可以。"

"哥，我们每月付你五百块钱，你租给别人，可能要不到这么多。"贾静衣继续发来语音，听声音有些急了。

戴清弢觉得是应该把事情说清楚了，他组织了语言，几次说到半途又撤了回来，最后终于把话说明白了，语气态度拿捏得还算得体，他说："静衣啊，我本来就没打算把房子出租，让你住进去，算是救急，对你也挺信任，所以从来就没想要你支付房租；如果，我的意思是，你和你的男朋友，觉得有能力出去外面租房子了，据我所知，五百块钱在东海城是能租到不错的房子，那么我也没什么要求，只求你帮我把老厝收拾好，门锁上，钥匙还放回原先的地方，注意不要让街上的小孽仔看到，他们会半夜溜进去吸毒的，那样的话就麻烦了。”

他觉得已经把意思说得很明白了，尽量控制住情绪，说得也很委婉。

贾静衣没再说什么，她只回了一个“OK”的手势。

戴清弢重新靠在沙发上，央视的考古节目还是那样子，在快开棺那一刻突然跳出了下期预告。挺无趣的，他关了电视，叹了口气，又想起贾静衣，觉得她肯定有情绪了，不管这情绪来得正不正确，女孩子的情绪总是很明显就表露出来，不像男人，明明很恼火，却还是尽量保持委婉的语气。然而，以贾静衣的性格，她可能一时冲动，连夜搬了出去，再次露宿东海街头也说不定。这样一想，他又开始心软了，他实在弄不明白自己为什么会这样，仿佛他们之间真有什么不可告人的秘密。他们本应该一点儿瓜葛也没有，即便真的见过面，吃过饭，那也不应作为生活交集的理由。生活真是阴差阳错，不讲道理。戴清弢又想了一会儿，似乎冷静下来了，其实事情本身也没什么，问题出在哪儿呢？没错，就出在她男朋友那儿。好好的，干吗要复合呢？复合就复合，干吗要同居呢？同居就同居，干吗要征求他的意思呢？这不就瓜葛上了嘛。关键是，他没见过她男朋友，不认识，长什么样的，什么性情的，他一概不知，就像当初不认识贾静衣——如果真见了面，他可能就接受了，人与人不就这样吗？缺的往往只是见个面而已。

贾静衣看样子也是知趣的人，她并没有一再追问，事情就算那么过去了，没搬出去，也没付戴清弢房租。戴清弢不想好事变坏事了，人家一个女人在东海城生活也不容易，即便她真的偷偷带男朋友到老厝过夜，他也懒得管了，眼不见为净。

戴清弢没答应却也是事实，这是他的底线。

9

备好的礼品塞了满满一后备箱，烟酒茶以及各种包装精美的饮品。车子一上高速，戴清弢其实感觉挺没劲的，不知道为什么，他对接下来的生活产生了一种莫名的恐惧感，没有任何由头与预兆，像是一小片阴云，时刻笼罩在他的头顶。

一路倒是阳光明媚，七月酷暑，粤东之地的草木绿得像是染了色，或是某项政绩工程为秃山披了绿衣。车子循着导航往宁城去时，地势的起伏要比东海方向明显一些，这让戴清弢稍微有了因路途的陌生而生起的兴奋感，他把空调开得很冷，音乐也放足了音量，依然是张楚在歇斯底里地呐喊："哦姐姐，带我回家，牵着我的手，你不用害怕。"像是营造了一个只属自己的独立空间，至少在七八个小时的车程里，戴清弢觉得身心是完全自由的，也只有在开车时，他才有这种出离的感觉。

下了高速，途经某个路边小镇，楼房像长歪了的牙齿镶嵌在山坡上，一边是沿路而设的街道，一边是探不见底的沟壑，如若是雨季，眼前的沟壑立马就能变成奔涌的河流。戴清弢喜欢这种荒野的小角落，但也仅限于车上，以观赏的视角，他故意轻踩油门，缓慢通过小镇的街道。这儿陌生得像是另一个世界，不可能在哪儿见过，它跟东海城还不太一样，东海城的陌生类似失忆者，是经历过后的淡漠，眼前却是实实在在的陌生，骨子里的陌生，像是随时会消失掉，呈现的只是幻象，让人有种被裹挟其中的恐慌。

戴清弢又开始胡思乱想，幸好小镇不大，油门踩得再轻，头尾横穿而过，也就十分钟的样子。途中遇见那些步行的，开摩托车的，几乎都会朝车里看看，似乎还想认一认，这来者何人，要找什么人？他们可能对每一辆经过的小车都感兴趣，看是本地车，还是外地车。戴清弢有那么一会儿还挺担心会被碰瓷讹诈，细想起来很可笑，他有时少见的宽宏大度，有时又对谁都打心眼里质疑。

他对导航也开始怀疑起来，是不是出了差错，根本就没有一座位于荒郊野岭的特殊学校。按照毛颖发来的定位，从地图上看其实已经到了，至少应该就在附近了。可是出了小镇，道路越来越窄，目之所及，尽是漫无边际的桉树林，看似正在远离人烟，没有村庄，偶尔有房屋，看样子也是被遗弃的老厝。车子缓慢通过一座石桥，桥边竖着一面警示牌，提示危桥，车辆慢行。戴清弢战战兢兢地开上桥，桥体还挺长，底下的河流铺满了绿色的水浮莲，开着粉红色的花簇。过了桥，拐弯处不远，终于见到了村落，灰墙黑瓦掩映在草木间，村口有一座类似粮仓的老建筑，高高的土夯墙面上还残留着人民公社时期刷标语的红漆。旧时的粮仓现在已经被改成路边的小商铺，门口摆着两张褪色的台球桌，估计多时没人打了，桌面的台布破了不少洞。几个老人在榕树下，坐着抽烟，看着一辆外来的车子慢慢在他们眼前停下来。

戴清弢想下去买包烟，实际上他只是要确认下，到底有没有走错路，是不是真有一座特殊学校就在不远的附近？

几个老人目送着戴清弢下车，又目送他走进商铺，铺里就坐着一个小伙子，半头黄毛，斜着头抽烟，背后的货柜上稀稀拉拉的，丢放着一些饮料、玩具和拖鞋。烟屉上只摆放着三五种香烟，最上面的是中华，中间的是五叶神，底下是牡丹。戴清弢要了包中华，看样子是唯一的一包，都有些脏了，也不知道是什么时候摆上去的，当即拆了，像是验证真假，抽了一根给小伙子。小伙儿的头立马正过来，问道：“有什么事吗？”

这机灵劲儿倒还对得住他那半头黄毛。

“这附近是不是有一所叫寮公山的学校？”戴清弢点了烟，回头看停在门口的车，有条瘸腿的黄狗在车前转悠，边上的老人正试图通过嘶哑的呵斥把狗赶跑。

“有的，过了我们村，就能看见人道了，再朝右拐，十里路吧，就是寮公山，学校就在山脚下。”

大概是选择导航时，戴清弢选了最省时的路径，也就是说，与小村落的无意邂逅，也算是种缘分。

“哦，谢谢。还是找人问下比较安心。”戴清弢又给小伙子留了根烟，转身要离开。

“大哥，是去接小孩回家吧？都放假了。”小伙子又加一句，“村上还有人在那儿当老师呢，在那儿当老师可不简单，得脾气好，要不搞不定，哈哈。”

戴清弢没回答，他觉得小伙子说话开始没轻重了。不过一路上的坏心情似乎也找到了源头，是哦，他这哪像是去接未婚妻啊，分明是在放假的当口去接小孩，接小孩也没问题，问题是去的不是一般学校，它的特殊性在周边显然是公开的事情了。这似乎就有了悲伤的预兆，正如毛颖一直所惊恐的那样，她老担心婚后会生出一个不正常的孩子，现在这种担心又转移给了戴清弢，让他心里突然间也有了阴影，如果他们结婚后，生的孩子也和特校里的孩子一样，宽眉头，翻白眼，剪刀步，张嘴流涎，口齿不清，发作时还会拿头撞击窗户玻璃……嗐，想都不敢往下想了。

老实说，在此之前，戴清弢从来没想过这些问题，以前毛颖说起，他还笑话过她，说亏她还是个老师呢，想法怎么那么幼稚。而此刻，在这个途中相遇的小村落，遮掩在按林里的几户人家和路旁的旧粮仓，黄毛的小伙儿，树下静坐的老人，都仿佛是一种特定的氛围，使一切离奇的假象其实都有可能成为现实，也难怪毛颖会有那么奇怪的想法，如若置身于城市，面对大街大楼，匆匆的行人和车辆，自然难以体会类似的惶恐——惶恐也是要氛围的，戴清弢突然全身起了一层鸡皮疙瘩，像是中暑，他赶紧离开，躲进车里，启动，逃也似的驶走。

导航和小伙子都没骗人，出了村子，就是崭新的柏油大道，车却很少，像是刚修的，实则应该有些年月了。照路牌指引，前方就是寮公山了，学校就在山脚下。毛颖在学校宿舍收拾物件，正等着戴清弢过去，连人带物，接走。听说特校的学生还不太一样，他们没有假期的概念，只有等家长来把他们领走，假期才算开始，也有不走的，一直就在学校，有专门的老师看护。毛颖以前也干过假期看护，那是额外的工作，自然也有额外的收入。那时她还没认识戴清弢，本来就没什么事，算是打了份暑假工。

如果不是牌匾赫然在前，戴清弢万不敢相信这儿就是学校，其实更像是一处工厂，比如东海城的海鲜加工厂，或者黄糖厂。他刚把车开进学校大门，就从车窗里看见毛颖坐在一个密码箱上，晃着两条大腿，像个小女孩那样坐在村口的谷堆上盼着爸妈回家。一时间，他还真的错以为等着的就是他的女儿，除了她和堆在楼梯口的行李物件，偌大的校园里也见不到另外一个人了。假期的校园总让人感觉到落寞，这点不仅仅是特校，所有学校都一样，喧闹过后的落寞，用死寂来形容也不为过。

戴清弢曾去过精神病医院探访病人，同样没有事先想象的那么杂乱恐怖，反倒安静得有些反常，风吹动榄仁树叶的声响都能清晰过耳。事后他才知道，病人都被喂了镇静药，精神再怎么不正常，也如同被捆了手脚。下车时，有那么一瞬间，戴清弢仿佛置身于几年前到访的精神病院，至少与那种先入为主的诡异心理，如出一辙。

几年前，他去精神病院看望的不是别人，正是他的学生文鼎。文鼎在海岛之旅失踪后，曾轰动一时，警局出动了大批警力，几乎把整个岛屿都翻了个遍，才在一处岩石的洞穴里找到瑟瑟发抖的文鼎。文鼎回深圳后，他的家人就给他办了退学，没过多久，又把他送进了精神病医院。然而在戴清弢看来，文鼎一点儿问题也没有，那天，他们在医院的草坪上谈了很久，也没什么异常。戴清弢只是想不明白文鼎为什么要出逃，据他事后了解，文鼎的家境还不错，潮汕人，家里是开餐馆的，在南山和龙华都有房产。按理说，这样的“深二代”，即便一辈子不努力，也可以过得很舒服。文鼎却笑着跟他说，其实他一直没有出逃的想法，或者说，有想法，也从没想过要去实现，可是，那天登上海岛之后，他就被一股强大的力量钳制了，他觉得离不开了，他太喜欢那儿了，要在岛上过一辈子，即便是那样，他也没有下定决心出逃，心里还是有顾虑，要说真正让他下定决心的，正是那场突如其来的风暴，仿佛上帝的召唤……

毛颖开始搬行李，她是那种风风火火的，不需要人照顾的女人，后备箱还没打开呢，她就把那个最大的密码箱拖了过来，双手一抬，却又不得不放下，后备箱放的东西太多了。

“你买这么多东西干吗？”她问。

戴清弢手足无措地站在一边，说道：“哦，买给你爸妈的啊。”

“还你爸妈，是我们爸妈。”

戴清弢尴尬一笑，说道：“是我们爸妈。”

“我都说了不用了，你还不听。等下进去家里坐坐，吃个午饭就走啦，你看还有烟酒，我都不让我爸抽烟喝酒的，你倒好，直接和我唱反调。”

话虽这么说，毛颖还是很开心，只见她把零零散散的物件都搬到车后座，为自己的行李腾出空间来，那些都是准备带去深圳的，好布置他们的新房。戴清弢也不知道毛颖都带了些什么，大概除了衣物，就是一直陪伴她在学校宿舍又舍不得丢弃的东西。他竟忘了帮忙，事实上也插不了手，毛颖干活儿的时候，自有一套程序，容不得别人插手，也不希望别人插手。毫无疑问，既然下了决心和这个女人过一辈子，就得做好好多事情插不上手的准备，这既让他感觉轻松，同时又有一些隐忧——道不清说不明。

“你肚子饿了吗？”毛颖突然抬头问，伸手去抹了下额上的汗珠。

“不饿，刚在路上吃了点东西。”戴清弢撒了谎，路上他什么也没吃，他也不习惯在车里放零食。

“那我先去宿舍看看小嫣。”行李放置妥当，毛颖拍了拍手，“要不一起去？”

“在哪儿？”戴清弢有些紧张。

“就在楼上。”毛颖抬手指了南面一栋枣红色的楼房，那显然就是宿舍楼了，走廊上零星晒着衣物和各种奇异的装饰物。

10

他们来到三楼。走廊上挂满自制的风铃，毛颖伸手把风铃撩动，声音细细的，很悦耳。毛颖推开一扇宿舍的门，没锁，虚掩着，一个女孩坐在窗台的书桌前看书。戴清弢跟在毛颖的身后走进宿舍，狭长的空间里放着四张双层架子床，被枕都放置齐整。墙壁上贴着画作，戴清弢一看就知道是毛颖画的，色彩很鲜艳，画的都是山区的春天。

宿舍里就一个女孩，她继续埋着头看书，并不知晓身后来了人。

“小嫣，聋哑人，爸妈在深圳打工，家里就爷爷在，她不想回去。”毛颖小声说，并示意戴清弢在边上坐好，她则轻轻走到小嫣身后，双手按在她的肩膀上。

小嫣回头，反手握住毛颖的手腕，笑得很灿烂，看见戴清弢，她又羞涩地把头一缩，躲在毛颖的身后，用手语比画着，看样子她在问男人是谁，也许毛颖早就跟她说过，她辞职了，要去深圳，和人结婚。毛颖用手语回答。这时女孩突然站起来，朝戴清弢鞠了一躬，依然笑着，她笑起来是那么好看，完全看不出有什么异样。

戴清弢冲她点了点头，他不知道干什么好，小嫣的出现颠覆了他对特殊学校的想象，他以为见到的会是不堪的形象，像是目睹血淋淋的伤口。然而小嫣太正常了，除了比画的双手，甚至连一般聋哑人口中咿呀咿呀的发音也没有，也许她刻意闭嘴沉默，满脸尽是无声的笑容。

戴清弢不知道她们在交流什么，看样子不像是师生关系，倒像是闺蜜，没一会儿，两人的眼里就都蒙上了雾水。其间，戴清弢出去，在走廊吸了根烟，幸好学校见不到人影，否则他在这里抽烟挺不合适的。他回到宿舍时，发现毛颖和小嫣都站起来了，她们相互抱了抱，毛颖做了一系列手势，小嫣拼命地点头，她满脸都是泪水，像个小女孩那样咧开嘴哭了起来。毛颖也哭，转身快速离开宿舍，根本顾不得戴清弢了。戴清弢跟在毛颖背后，追下楼。毛颖转身抱住他，继续哭。她断断续续地说：“我是为了你才选择离开的。”这句话她重复了三四遍。戴清弢抱住毛颖，他只能抱住她，他说：“我知道我知道。”

进城路上，彼此沉默了好大一会儿，戴清弢才敢问毛颖：“你们刚才说了什么？”

毛颖说：“我让她过几年来深圳找我，我会帮她找份工作。”

戴清弢点点头，他不知道毛颖能给小嫣找份什么工作，当然这也不算太难的事情。

“小嫣是哪里人呢？”戴清弢又问。

“我们是一个村的，我们两家只隔了一条巷子。那时我爸妈都是卫生院的医生，一到晚上，只要有人去卫生院生孩子，我爸妈就得连夜赶去镇上。家里只剩下我们姐妹俩，怕得要命，夜里山风很大，树林老是发出沙沙沙的声响，像是有人拖着扫把靠门窗走过。我记得小嫣出生时，她妈正在灶头烧火呢，小孩就生到裤裆里了，没来得及去卫生院，还是我妈过去帮忙接的生。我妈说，是个女孩，长得可漂亮了，还没见过刚出生的女孩长那么好看的。过后没多久，我爸妈都调到了城里当医生，我们一家也搬走了。小嫣第一天见到我时，就激动得跟什么似的，她听说过我，也知道是我妈帮她妈妈接的生，所以对我们一家很感激，见了面很亲切。”

毛颖坐在副驾驶座位，边说边凝视前方，估计还在强忍着眼里的泪水。

“我刚才过来时，也经过一个小村子，就藏在一片桉树林里。”戴清弢突然想起了什么，“对了，那个商铺的小伙子还说村里有人在你们学校当老师。”

“是的，你经过的就是我们村。”毛颖笑着说，她的心情显然好了一些，至少从离别的悲伤中走了出来，“你说的应该是阿金吧，他爸承包了村里的商店，去年他爸死了，本来村委会是要把商铺收回去的，看阿金那样，不务正业的，就让他继续守着商铺，现在一天也卖不出一包烟吧。”

“他还挺热情，告诉我学校该怎么走。”

“寮公山附近就这么一所特校，我们这里的情况现在是这样的，正常学校反而没学生，几条村都凑不了一个班，孩子们都随父母进了城，远的去深圳、广州，所以好多学校都合并到镇上去了，只有我们学校合并不了，学生还越来越多。”

“越来越多？”

“也不是真的越来越多，以前村里人不懂，不知道还有这种学校，孩子有什么问题，就关在家里，书也不读，野生养着，自暴自弃。现在他们至少知道要送到学校里来了。”

“像小嫣这种，其实跟正常孩子没什么区别。”

“是的，老师们都抢着要啊，像聋哑的、肢体残疾的，都比较好带，比较棘手的是有精神障碍的，还有自闭症，随时都可能发作。”

“你不说我还真没往这方面想。”

11

到宁城时，已经是晌午了。

这是一座比东海城大得多的城市，不过，中国再大的城市，除了像深圳那种凭空建设起来的，其余的也多是县城或县城的扩大版，只是有些城市，扩着扩着就把老城区给淹没了，覆盖了，多数其实还得是老城与新城同在，宁城也一样，老城区像是沉默的老者，灯光烟火，默默地看着河对岸巍然耸立的高楼和塔吊。似乎中国的县城都被同一条河流穿城而过，眼看这河流两岸就像是一个人的两只脚，一脚在前面迈，另一只就只能是拖后腿的存在了。

毛颖家就在南岸的老城区，那儿曾经是宁城的中心地带，政府大楼、公安局、人民医院，扎堆挤在一条老街上，近几年陆续搬迁去了对岸的新城，留给老城的除了一些老社区、老宿舍楼，还有就是一批退了休的老干部。毛颖的父母几年前也退休了，两个女儿都不在身边，他们白天除了做饭、写字、画画、吟哦几句“老干体”，剩余的时间就只能上广场跳舞去了。同样是老人，退休干部跳广场舞就有优越感，他们有全额医保，有退休金，嗓门儿自然就比别人大。戴清弢不止一次听母亲生前说过，老干部的脾气可坏了，还跟当官时那样，动不动就朝人发火……母亲当然不吃那一套。戴清弢设想，如果把母亲和毛颖的父母放在同一个地方跳舞，估计相互也都看不顺眼吧。

这么想时，戴清弢心里感觉怪怪的，他确实有些紧张，本来就患有社交恐惧症，面对的还是未来的岳父母，生怕表现不好给人家留下坏印象，虽然之前也通过电话，他们基本上对戴清弢这个准女婿已经认可了。戴清弢当然没什么可被挑剔的，他只是有些多虑了，因为以他的年龄，这个时候本应该带上儿女来外公外婆家做客才对啊，像身边那些同龄的朋友，哪还需要这么紧张兮兮的，像个小后生仔。

戴清弢似乎凡事都慢人一拍，不止一拍，是好几拍，小时候在老家，五六岁了还不太会说话，家里要是来个生人，他准找个地方躲起来，爸妈怎么叫都不出来，更别说像别人家的孩子那样“叔叔阿姨”讨人欢心地叫唤了。那时父亲在小城算个人物，码头上的人都认识，杂七杂八的，他们时不时到家里来，抽烟喝茶打牌，弄得乌烟瘴气的，不过母亲不生气，还经常煮新鲜的鳗鱼粥给他们喝。父亲的死，对戴清弢一家是断崖式的转折，家里一下子从热热闹闹变得出奇地冷清，那些父亲生前的兄弟哥们儿，一个都没敢再上门。戴清弢不懂事，还因此很庆幸，他喜欢安静，唯一的乐趣就是躲在角落里玩手电筒。那种渔船配备的银色长柄手电筒，非常亮，需要装五节大电池，他大半夜躲在被窝里，用手电筒的光束对准眼睛，瞬间就花了眼，眼前浮现一层又一层变幻莫测的光晕，那些光晕绚丽多彩，像来自外面未知的世界。戴清弢对手电筒里的世界充满向往，向往当然美好，不过也因此落下眼疾，小学还没毕业就戴了眼镜，在当时的学校，是唯一和老师一样耷拉着一副金丝眼镜上学的人。他的性情还十分孤僻，都不和同学说话，一度被老师怀疑是不是患了自闭症。老师把母亲叫到校长办公室谈话，母亲一气之下，说你们才自闭，你们全校都自闭。说来也怪，自那以后，戴清弢就好了，开始和同学们说话了，似乎就是为了印证母亲的话，她说她儿子没事，一点儿问题也没有，只是有点内向。

内向倒是不假，从小到大，戴清弢都不是那种能在场面上活络的人，甚至都谈不上主动，他永远是被动的，需要人提醒，需要人照顾，无论是情感，还是生活。以前有母亲照顾着，一天一个电话不落，提醒他吃早餐，提醒他不要熬夜，并给他物色各种小城里的姑娘……有了微信，母亲的微信聊天框在戴清弢的信息栏里永远是置顶的，因为每天都能收到她的语音。母亲去世后，她的微信聊天框一度被埋在底下，戴清弢一顿好找，最终他总算弄明白，原来还可以手动置顶，永远不会被替换，他就又把母亲的微信置顶了，打开第一眼就能看见，遗憾的是再也不会浮现那个提示信息未读的小红点了。

戴清弢把车停在河堤，路对面就是毛颖家所在的老社区了。这种早年单位分配的住宅，基本上就一个样式，楼层不高，没电梯，楼梯和地板还都是古旧的水磨工艺，墙面也不像后来的楼房那样都贴了瓷砖，当时最流行的做法，就是“洗石米”，近看粗糙，远看也像瓷砖一样平滑，还有哑光的效果，比抹石灰要高级多了。不过，再时兴的房子也抵不了年月的损磨，如今这片老社区估计是整个宁城最陈旧落后的区域了。

莫名其妙地，这让戴清弢稍微自如了一些，他问毛颖：“是不是还得再买点什么？”

毛颖看了他一眼，笑着说：“这么吧，你干脆给他们钱，让他们自己买。”

戴清弢讪笑着，说道：“钱就下次吧，现在给，挺不好意思的。”

毛颖打趣道：“你还会紧张啊？见过多少女孩的父母了，还紧张？”

毛颖是故意这么说戴清弢的，戴清弢第一次谈恋爱，虽然听起来有点不可信，毛颖却是信的，因为她也是第一次。

“见笑，还真是第一次见女方父母。”戴清弢苦笑着。

上楼梯时，他把所有从深圳带来的礼品都拎在手里，满满的双手，沉得两个手臂都垂直了。毛颖想要帮忙，他又不愿意了，很倔强的样子，似乎只有这样，才有足够的勇气去见未来的岳父岳母，仿佛烟酒能给他壮胆。

进了门，见餐桌上已经备好了饭菜，就等着客人上门了。戴清弢很感动，岳父岳母热情相迎的笑容，让他感受到一个完整家庭是多么的可贵。一家人客客气气地吃了个午餐，是一家人了，确实算一家人了。这快速的融入，让戴清弢有些恍惚，甚至都有点不敢相信，他就这样，“脱离”了一个家庭，进入了另一个家庭。这种感觉，既兴奋又忧伤，他其实已经快忘了父母皆健在时的情形了，他的记忆被父亲的离去活生生地撕成了两部分，前者模糊、淡出，后者却日渐被刻意放大。于是，冷清的就更冷清，残缺的也更残缺……母亲后来之所以热衷于上街，大概也是受不了厝内的冷寂，街上多热闹啊，到处都是人挤人，咸涩的海风，还有海鲜粥和粿条汤的味道。

戴清弢主动给岳父派烟，故意表现出洒脱的劲头。岳父抽烟时还会下意识看一眼老伴和女儿，他大概心里还在暗喜，幸好摊上一个会抽烟的女婿。戴清弢却觉得好玩，倒不是可怜岳父活了一把年纪，还要受人管，实际上是羡慕，羡慕岳父都这么老了，还有人愿意管他。

吃过饭，毛颖和她妈在厨房里洗刷收拾，母女俩说着话，有关工作和结婚的事。戴清弢随岳父来到客厅泡茶。客厅还蛮大，只是放了一套实木茶几，就显得逼仄了。茶几估计是后来添置的，这种单位房的装修气息，如今看起来已经很老土了，吊板、拱形玄关门、嵌入式电视柜，还都是清一色的黄色花纹，与花梨色的茶几格格不入。

离开了母女的视线，岳父的烟抽得有些频繁，身为老中医，他的烟龄竟高达五十年，也是，他们那一代人，无论是知识分子还是乡下农民，哪有不抽烟的。这让他们有了共同话题，岳父看样子也不善言辞，两个不善言辞的男人在一起实在有些尴尬，又必须得聊点什么。戴清弢竟然想和岳父聊些严肃的话题，比如国际形势、城乡发展，甚至历史、哲学、文学，就像如果父亲在世，他也会试图和父亲交流，面对岳父，其实也形同父了，于是他萌生出一种异常的表现欲望，想把所有从书本和生活得来的知识、见识，和盘托出，好像就站在三寸讲台之上，既是灌输，也是征服。

烟差不多抽了一包，茶也喝了几泡了，两人却兴致高涨，彼此都像是这辈子说话最多的一次。一直到毛颖催着戴清弢走了，再不走，天黑前就到不了深圳了。戴清弢还有些舍不得的意思，说反正自己开车，晚一点儿就晚一点儿。岳父也说："是嘛，多聊聊，我还蛮喜欢听小戴说话的。"

毛颖说："他啊，也就今天话多，平时跟我都没话，微信都半天不回。"

岳父说："男人嘛，哪能整天跟女人说话。"说完，就感觉说错了话，忙看老妻一眼。

老妻笑着说："小戴啊，你以后可别学你老丈人，你得对小颖好点哦。"

戴清弢说："一定一定。"比起岳父，戴清弢对岳母多了几分敬畏，也可以看出，这个家里，是岳母做主，岳父只是陪衬，以后结婚了，什么事还都得岳母点头才有效。

岳母又说："时间不早了，你们走吧，路上要小心。"

岳母都这么说，戴清弢也不好意思多聊了，起身告辞。

岳父依依不舍，目送戴清弢和女儿出门。

那一刻，戴清弢仿佛记起了父亲的脸，他瘦削的脸上有两道深深的法令纹，每次出海之前，都会把身上多余的钱物掏出来放在案头，作为打鱼人的仪式，母亲还得加上一句："妈祖先替你保管，想要的话还得自己回来拿。"——跟岳父白净浑圆的脑袋相比，父亲显得太黑太瘦了。

12

有些时候，戴清弢是很孤僻的一个人，他不知道是单身惯了，还是本身就有病，不适合和任何人生活在一起，倒也不是排斥结婚，或干脆就是个同性恋。他其实就喜欢一个人过，是个潜在的不婚主义者。这当然不是什么值得炫耀的光彩的事情，更多时候他得压制住真实的想法，努力表现出幸福的样子，至少有了毛颖的照顾，烟抽得少了，三餐都准时了，早餐开始每天都吃了，小米粥、鸡蛋和牛奶，变了花样，纠缠多年的反流性胃炎似乎也得到了控制，再也没犯过，常年备着的雷贝拉唑钠肠溶片、枸橼酸莫沙必利片和盐酸雷尼替丁胶囊，很长时间没吃了。

毛颖的介入，让家开始有了家的样子，所谓的烟火气，是那些锅碗瓢盆碰撞的声响，狼藉过后又井然有序，如此反复，周而复始，即是一天的流逝，多么具有戏剧意味。这种枯燥却又好玩的生活节奏，戴清弢以前是没经历过的，之前几个暑假，毛颖虽然也过来和他一起生活，但那时住的是学校租的握手楼，完全没有家的模式和氛围，如今有了自己的房子，感觉还是不一样的——遗憾当然也有，一想起心头就堵得慌，洗手间漏水（已经像下雨一样往下漏了）的事一直没解决，戴清弢打了无数遍物业的电话，毛颖也亲自跟楼上的夫妇沟通了，他们的儿子愣是不想从国外回来，戴清弢都怀疑他们的儿子是不是死在国外了，又或者，他们根本就没有所谓的儿子。

幸好，一切还都在可以接受的范围内有序地进行，即便是需要戴清弢作出改变、妥协以及配合，那也是在他能够容忍的尺度里。在处理事情上，尤其是与外界的接洽，戴清弢的态度还是不够强硬，以至于很多本来该主动的时候最后他都变成了被动的一方，他承认这点，无论毛颖怎么旁敲侧击，说严重点叫冷嘲热讽，他都不会生气，是得怪自己性格上有着致命的疲软和踟蹰。真正让戴清弢开始有被冒犯的感觉，是有一天晚上，毛颖看着电视，突然转头问他："你老家有房子吗？"要说是突然吧，戴清弢其实也怀疑，说不定她为了这"突然一问"已经酝酿多时，从她的眼神得知，她是那么急切地想获知答案，或者说，期待他的坦白。

他们在看着一档娱乐节目，每个人上台，都要挖空心思吐槽别人，可以说是人身攻击了，只是当那种“攻击”是在一个预先设定的娱乐氛围里进行时，杀伤力就打了折扣，也可以说，貌似打了折扣，还是借着玩笑的名义行了伤害之实——就像突然发难的毛颖，以无意之名行有意的质疑。戴清弢表面气定神闲，内心其实早已懵了，莫非，毛颖知道了一些什么，在怀疑一些什么……不可能，戴清弢事先都把和贾静衣的微信聊天记录删除了，如果仅从微信朋友圈就能获知那么隐秘的信息，毛颖未免也太神了。理论上不太可能。戴清弢坚信。

“有啊，一间老屋，几十年了，都快倒了。”戴清弢故意喝了一口茶，随意应着。

“就是还没倒啰？”毛颖收拾着茶几上的水果皮屑，继续问道。

“当然，”戴清弢咳了一声，“不过，倒没倒的，差别不大了，反正又不想回去了。”

“你就没打算出租，或者卖掉吗？”

“是有这个打算。”戴清弢语气郑重，“小地方房价太低，谁也不愿买老房子，租也不值钱，关键是没人租。”

“我知道房子不值钱，可是地值钱啊。”

戴清弢愣了一下，还真糊弄不了毛颖，这女人心里比谁都清楚。

“是是，地是值点钱，以后有机会再说吧。”

“我也就随便问问，没别的意思，一切听你的安排。”

“说什么呢，都是一家人了，以后有事一起商量着怎么做。”

毛颖微笑着看了戴清弢一眼，这一眼，竟让他有些心虚了。心虚不是因为老厝，他才不在乎那个父亲留下来的老房子，而是老厝正住着人，一个对毛颖而言陌生又来历蹊跷的女人。戴清弢是有些后悔了，当初就不应该心血来潮，让贾静衣搬进老厝去住，凡事都想得太随意了，还以为自己是单身呢，做什么事自己考虑就行了。戴清弢得赶紧想个办法，把事情圆回去。

办法当然比困难多。让贾静衣搬出去，显然不太可能，事情也没到那一步。戴清弢突然想起，前不久，贾静衣不是求他，让她男朋友也住进去吗？这事现在可以考虑了，干脆顺水推舟，就答应让她男朋友搬进去，那边既给了人情，这边至少也算交代了，老厝租给一对小情侣，总比给一个单身女人住要合乎常理。

几天后，戴清弢逮了个机会，给贾静衣发了条微信，撒了谎，说他假期外出了，考虑了一下，还是同意了她的请求，还为之前的生硬态度道了歉。贾静衣连着给他发过来几个拥抱的表情包。戴清弢赶紧删了。回头，戴清弢跟毛颖说，他委托老家的朋友，把房子租出去了，租给一对在茶楼打工的情侣，一个月五百块钱，够他们吃餐好的。他最后还加了一句："幸亏你提醒。"当天晚上，毛颖果真多买了几个菜，看得出来，她很开心。

事情处理妥当，戴清弢总算舒了口气，填补五百块钱的缺口，对他来说不算难事，把兼职的收入报少一些，就神不知鬼不觉了。这么偷偷摸摸的，像是真干了什么见不得人的事，不过也没办法，生活就是这样啊，让人骑虎难下。

13

暑假已经过半，戴清弢心头有事，这个假期其实过得并没有往年开心。他想出去旅游，远的就不去了，周边的城市，自驾游，三五天来回，是该出去走一走了。他跟毛颖提过，毛颖觉得没多大意思，旅游嘛，不就是去一个别人腻烦的地方看风景，人累不说，还费钱——关键是费钱。

毛颖的想法其实也把戴清弢说服了，可见他要出去走走的欲望也不是很强烈，提出旅游像是为了讨好，既然人家不喜欢，那就算了，继续宅着吧，等着开学上班，等着毛颖的工作真正落实，无聊枯燥的生活就再次周而复始了。

旅游的计划可以打消，伶仃岛总得去一趟吧，是的，就是三年前戴清弢带队去采风的岛屿。这几年来，他每年都会去一趟，以前多是寒假去，今年因为婚事，寒假肯定走不开，便想趁着暑假没事，先去吧。然而，要不要带上毛颖，或者说，要不要告诉她，还真是一个问题。

戴清弢去伶仃岛不是旅游度假，而是去看一个人，具体说，是去看他的学生文鼎。这本来是他和文鼎之间的秘密，没有任何多余的人知道。

三年前，戴清弢去精神病院看过文鼎之后，没过多久，就听说文鼎从精神病院逃出来了。根据摄像头拍到的影像显示，文鼎伪装成探望病人的家属，淡定自若地从医院大门走了出去，背着他那个黑色泛白的双肩包，出了大门向右拐，然后就消失了。说实话，逃出精神病院对文鼎来说不算什么难事，他那么聪明，又没有所谓的精神疾病，至少戴清弢是这么认为的。在此之前，戴清弢对文鼎是没什么好印象，越往后，脑海里却时不时会想起他，长满粉刺的稚嫩的脸蛋，一个明显比同龄人高大的身板，表达情绪时眼珠子向上瞟的样子，偶尔微笑却故意咬着嘴唇不想被人察觉……戴清弢仿佛在文鼎身上看到了自己年少时的影子。

文鼎从精神病院出走后，他的家人也报了警，不过这次出走和上次不同，上次是以学生的身份，有媒体关注，警方不得不重视；再次出走时，文鼎只是一个精神病人，没有了新闻点，媒体也懒得过问，重视程度自然就打了折扣。事情就那么不了了之，文鼎的家人似乎也放弃了找寻，估计正考虑趁早生个二胎了。戴清弢比谁都关心文鼎的去向，他会不会去一个遥远的地方，独自生存？凭他的能力，要养活自己不算多大的问题；他会不会自杀呢？戴清弢觉得不太可能，想自杀的话，犯不着出逃，再说上次在海岛，就可以自杀无数次。

果然不出所料，几个月后，戴清弢的手机收到一条陌生的短讯，上面只有一句不着边际的话——废弃的矿井曾经出产过锆金属。他拿着手机愣了半天，突然明白了，给他发信息的不是别人，正是他的学生文鼎。文鼎没有去遥远的地方，他又跑回伶仃岛上了。

戴清弢赶上最后一班船到达海岛时，海面上落霞殷红，万山群岛像是漂浮在血水中的面包碎屑，像极了那天风暴将至的样子。戴清弢跳上码头，过天桥，趁着最后一点儿亮色沿着环岛公路上山，终于在山道的废弃矿井边见到了文鼎的身影——他正歪着头抽烟，笑着看老师朝他走近，看样子心情不错。

“老师，你还记得这个被人遗弃的矿井，真是让人感动。”文鼎偏头望着已经被蕨类植物覆盖的井口。

戴清弢当然记得，上次带他们来海岛采风，沿途路过大大小小的矿井，当时就有学生问：“这里出产什么矿物质啊？”戴清弢答不上来，到达一个地方之前，他都来不及做准备工作，包括天气情况。他突然转身问文鼎：“你知道吗？”既有故意刁难的意思，同时也希望文鼎真能答上来，这小子乱七八糟的知识懂太多，老师都自愧不如。结果，文鼎也有知识盲点，也答不上来。

“锆矿资源是稀有矿产，是核反应堆的重要材料，90%以上的锆金属都用于核反应。老师，别看这儿其貌不扬的样子，曾经也为我国的核试验做出过贡献啊……”

知识和数据让文鼎的语气充满自信，他的烟快抽完了，已经烫到手指了，却还舍不得扔掉。

那次见面过后，师生二人像是达成了某种默契，戴清弢每次上岛看文鼎，事先都会去商场采购物品，基本都是岛上的稀缺品，用了个超大号的密码箱，装了满满一箱子，搞得每次貌似去游玩，实际看着像搬家或离家出走。

一开始，文鼎也是勉强能过日子，时不时需要戴清弢救济，后来他在原住民那要了一艘废弃的破船，修修补补，每天也能出海钓鳗鱼，大大小小，回头再卖给餐馆，有时一天能赚百来块钱，有时就什么都没有，除了一身被日头晒得像木炭一样黑的皮肤，怎么看也不像一个二十出头的小伙子。他白天钓鱼，晚上租住在一处古旧的小院落里，几乎藏在山腰上，草木葳蕤，出门就能远眺布满渔船和小岛的浩渺海面。

14

戴清弢最终还是决定把毛颖带上，这几年和文鼎的秘密“接头”，如地下党，他也需要一个安全的分享者。也许，文鼎的事迹对毛颖会有一定的启发作用，这个客家姑娘传统、拘谨，甚至有些小里小气的生活态度，确实应该在文鼎身上学点什么，不用多，一点点就够了，比如放弃一切的豁达。戴清弢何尝不曾想过那么干，找个没人认识的地方彻底消失，毕竟有心无胆，成年人的理性让他畏葸不前，最终也就服服帖帖，如一条循规蹈矩的看门狗。

“要不去海岛住一夜吧。”戴清弢把洗手间漏水处接满的一盆水倒进马桶，重新把水盆放回原先的地方。他抬头看天花板的滴水处，水渍几乎爬满了整个天花板，不规则的深色图案看起来倒是波澜壮阔，像是翻涌的云层，或奔腾的海浪。

毛颖在刷马桶，每天至少刷两次。她问道："什么岛啊？"她头也不抬，耷拉着晨起还未梳理的头发问道。

"伶仃岛。"戴清弢有些兴奋，吟哦道，"零丁洋里叹零丁。"

毛颖没说话，不拒绝，其实可以说就是同意了。她一个客家女孩，从小生活在山区，出海对她来说还是蛮有诱惑力的。戴清弢干脆趁热打铁，计划先到岛上踩点，如果毛颖喜欢，以后就在那儿拍婚纱照。毛颖露出了笑容，刷完马桶，弯腰把地上接水的盆子挪正一些。

戴清弢预先在网上订好了船票和酒店，他破费订了海岛最好的酒店——当然，多数情侣会选择带上帐篷，在沙滩上过夜，天气好的话，在岛上看星空，跟在太空里一模一样，夜幕如巨伞，笼盖住海面，星空和渔舟灯火连成一片，分不清彼此。戴清弢还没真正体验过海岛的夜景，三年前那次被迫滞留，一夜风暴，更多的是担惊受怕，之后每次登岛，都是当天来回，顶多和文鼎吃个午饭，有时在山腰的院落里，有时在港口的海鲜大排档，文鼎想留老师过一夜，真心的，或客套，戴清弢都没答应，坚决要回去，似乎只有回到岸上才让他感觉踏实，那些漂泊在海上的岛屿，夜幕降临，说不定风暴再起，第二天醒来，保不准又会发生什么骇人的事件。戴清弢还真落下了心理阴影。

出发前一夜，戴清弢主动拉毛颖去一趟商场，杂七杂八挑了一推车货物，回来装进大密码箱里，鼓鼓囊囊的，像是要出很久远门。毛颖问："你这是准备出去几天啊，搞得跟搬家似的。"戴清弢神秘兮兮地说："带你去见一个人。”毛颖惊奇地问：“谁啊，你在岛上还有认识的人？”戴清弢笑而不语。

相比戴清弢的大动干戈，毛颖出门的准备可简单多了，这么热的天，她甚至连防晒霜也没买，平时怎么样现在还怎么样。她就这样，除了大宝，几乎不用任何护肤品和化妆品，身上也不戴首饰，简朴得不像个女孩子。戴清弢暗示她可以擦下口红，人会显得精神。毛颖也不听，她说她挺精神的。戴清弢就不再说了。

第二天一大早，他们得开车到珠海香洲码头坐船，一路奔波，加上坐船的时间，要接近中午才能到达伶仃岛。上了船，戴清弢才想起给文鼎发消息，文鼎回说，他刚好出海钓鱼，但愿能钓一条大海鳗，晚上一起煮粥吃。这两年，文鼎钓鱼的技术大长，在岛上生活已经不成问题，和岛民们的关系也都不错。

从香洲码头到万山群岛，大概要两个小时航程，一路海景，海水从黄色到浅蓝再到和天空一样的深蓝，陆地上的高楼一点点被浩瀚的海水推移到角落直至完全吞噬……这样的场景戴清弢见多了，也就习以为常了，甚至连晕船的毛病也治愈了，上船之前不用再备晕船丸。毛颖自然要比戴清弢兴奋很多，一路上，每一个细节都能让她欢呼和惊叫，海鸟在头上盘旋，水面上突然跃起鱼类的背鳍，抑或抬眼望去，隐约能看见维多利亚港的码头和高楼。

海岛慢慢在眼前浮现，它们大大小小，面包碎屑一样散落在海面上。戴清弢却越发觉得这是一棵被海水淹没的巨树，人类肉眼只看到偶尔露出水面的树冠，更多的枝叶、粗壮的树干和庞杂的根系，都埋葬在了海里……这么想象眼前浮现的岛屿时，戴清弢突然感到一种深入骨髓的冰冷，他想起父亲的尸骨，和那艘被风浪倾覆的渔船，它们已经深埋在海底三十多年了，三十多年的光景，尸骨可以腐烂，船板可以沤朽，但它们绝对不会消失，如果岛屿是提醒人类的信号，父亲是否也给戴清弢释放过不易察觉的信息？一场风暴，还是一条突然跃出水面的鱼类？

15

登岛后，他们倒不急着看风景，先是入住酒店，换上休闲装，两人在光线明媚的阳台上喝了会儿茶。酒店还行，出了阳台就是掩映在枝叶下的游泳池，看似与海面水平，从里往外看，让人错以为就是在海里游泳。近处是开得正艳的三角梅和其他一些热带绿植，视线再往前，越过玻璃栏杆，则是被岛屿收拢在怀的海湾，海水湛蓝，更远处有巨大的邮轮和小巧的渔舟。

同以往不一样，戴清弢这次找到了度假的感觉，大概是因为时间充裕，心绪上放松了下来，即便是同样的风景，看着也有了别样的味道。喝了茶，两人携手下楼，去海滩逛了会儿，旅游旺季，游客很多，沙滩上搭满了色彩绚丽的过夜帐篷。戴清弢没有下海游泳的欲望，毛颖则脱了鞋子，像个小姑娘那样被海浪追着来回奔跑，她也不打算游泳，看样子是羞于像其他女人那样穿着袒露的比基尼在人群里晃来晃去。他们很快就上了岸，去海鲜街走了走，原住民把刚刚打捞上来的狗爪螺、九节虾和红衫鱼，摆满了街巷两边，竟然都是活蹦乱跳的，看着就让人心生欢喜。来伶仃岛不吃海鲜，基本也等于白来。

在大排档吃了午餐，清一色的海鲜，味道还是比市场上买的要新鲜不少。如此一天下来，是有些累了，戴清弢不打算再往前走，两人在观海亭里合了影，便开始往回走了。沿路还是能见到那些废弃的矿井，戴清弢以知识丰饶的模样，把文鼎告诉他的又跟毛颖复述了一遍，毛颖崇敬的眼神让他还挺受用。

戴清弢说："晚上带你去见个人，他比我更熟悉这里。"

毛颖说："到底是谁啊？这么神秘。"

戴清弢说："我以前的学生，现在在岛上当渔民，钓海鳗为生。"

毛颖很惊讶，她没想到戴清弢的学生还有从事此等职业的，这完全不符合她对深圳学生的想象，他们毕业后不应该是各行各业的翘楚吗？他们可不是特殊学校的特殊学生——再说，即便真是渔民，也不可能跑到茫茫海岛上来钓鱼，这地方，如果不是发展了旅游业，就是一个与世隔绝的荒岛，谁会想到往这边跑？这反倒引起了毛颖的兴趣，还真想见识见识，戴清弢神秘兮兮的，到底要带她去见何方神圣。

文鼎开着渔船回港时，戴清弢和毛颖已经在码头等了一个小时了，晚霞开始把整个海岛染成了橘红色，鸟群在空中盘旋，而后纷纷栖落在岛山浪涛一样的树木里。

这个几乎被旅客废弃的水泥码头，避开了沙滩的喧闹，只有原住民的渔船才会在这儿靠岸。戴清弢知道在这里才能等回文鼎。海水一下一下地拍打着码头下的乱石，水泥码头早已被腐蚀得斑驳残缺，像是金属一样，还长出了锈迹。有了荒凉的气息，与转角游客如潮的沙滩相比，海岛被一分为二，似乎是两个截然不同的世界。

戴清弢和毛颖站在码头长长的水泥墩上，眼看着文鼎的渔船靠岸，文鼎跳下水把船拴在木桩上，又用一个塑料桶舀水，洗净船身，血水哗啦啦地流向海里，瞬间就不见了颜色。海上刚钓上的鳗鱼，为了防止被它咬伤，当场就得杀了，剖肚取出鱼鳔。一船血水腥味，如果不及时清洗，第二天会很难闻。这些动作戴清弢都很熟悉，虽然没亲手做过，小时候却见得多了，那

时父亲的渔船比文鼎的要大多了，也复杂得多，父亲每天要花不少时间清理渔网和船身，还得把那些网眼小的渔网藏起来，渔业局的人时不时会突击检查，随身带着把尺子量网眼的大小，不合尺寸的渔网就会被没收销毁。父亲却从没让戴清弢上过渔船，更别说出海了。这点他们父子其实达成了某种默契——父亲没想过让儿子接他的衣钵，儿子从小也抗拒长大后和父亲一样成为一名行海人。

半年没见了，文鼎比之前胖了一些，气色挺好，他一身疍家渔民的装束，使之看起来比实际年龄要成熟很多。也就是说，在毛颖看来，眼前这个提着鱼桶的渔民跟他的老师站在一起，与其说是师生关系，不如说是兄弟。

“这是我的女朋友毛颖，这是我的学生文鼎。”戴清弢介绍过后，也不知道接下来该说什么，他手里还拖着密码箱，为文鼎采购的一箱子日用品，还挺沉的。

“戴老师经常说起你。”毛颖迟疑着接了一句，并和文鼎相互点了点头。

“走吧。去家里。”文鼎微笑，领着他们离开码头，拐上了长满马胶藤的小径。

小径通往原住民的村落，跟景区相比，眼前这片区域还保留着海岛的原始和荒野，路边不时出现几间废弃的老厝，以及以前驻岛部队的兵营，里头还住着人，大多是当地渔民，或随波逐流的疍民，也有一些驻军的后裔，驻岛时间久了，习惯了，就没再回陆地。而一山之隔的北面，却繁华如同闹市，十几层的酒店一家比一家时尚，还有游乐场、商场、度假村，如果是骤然空降此地，还以为是一座正在蓬勃兴起的内陆城市呢。

文鼎轻车熟路，他先是拐上大道，把一天的收成出售给岸上的餐馆。

海鳗通常都能卖个好价钱，照文鼎说，鳗鱼如果足够肥美，餐馆老板都抢着要，他们各自朝他递来纸条，纸条上写着价格，打开一比，谁出的价高就卖给谁。眼下，文鼎却急于找一家熟人低价出售，他和老板很熟，相互说着笑话，还一同吸了根烟，回头又跟戴清弢说："最大的那条我留着呢，晚上煮粥给老师吃，对了，还有师娘。"

文鼎租住的院落在山腰，山也不算高，就是个小山坡，视野很好，往上爬，底下的海港就尽收眼底，能让人心情一下子舒展开来。戴清弢以前也到过文鼎的住处，却没留下什么印象，他们那时像地下党一样匆忙接头，连真正坐下来聊会儿天的时间都不多，哪有心情看风景。

院落虽旧，却收拾得很齐整，院子里种有各种时蔬，长势不错，竹架上晾晒着宰杀好的乖鱼（河豚）和鱿鱼，能闻到一股腥臭味。戴清弢对此并不陌生，老家码头晾晒鱼脯时要壮观得多，味道那个浓烈，几乎整个县城都沉浸在绵延不绝的氨气味里。戴清弢所厌恶和抗拒的，也正是那种味道，他打小就恨不得逃离。

天快黑了，海岛像是被玻璃盅罩住一般静谧。文鼎让戴清弢和毛颖先坐会儿，他去煮鳗鱼粥，新鲜的鳗鱼，几乎不用什么配料，白米粥煮出来都是甜的，再加一把现摘的九层塔，就更香了。戴清弢隐约还记得母亲煮鳗鱼粥的味道，他已经很久没吃过了。毛颖主动去帮忙，处理海鲜不是她所拿手的，只能给文鼎打下手。两人配合还算默契，戴清弢在一边看着，他不想插手，也插不了手，把一大箱子日用品拖上山，又倒腾出来，就耗尽他所有力气了。

戴清弢来到院子的栅栏边上，兀自拿烟出来吸，山下渐次亮起了星星点点的灯火，天边的红霞已经褪去，天色正在逐渐暗淡下去，分不清哪是渔排人家，哪是远处的船只，整个海岛瞬间进入一种真空状态，透着一股神秘感，安谧得让人有躺下来长睡一觉的念头。

16

文鼎处理好鳗鱼，站起来开了院里的灯，瓜棚下的黄色灯泡像挂在一张网上的小瓜崽，有几十盏之多，横竖交叉垂挂在上头，像是沙滩晚会后被遗弃的，捡回来接上就能用了。灯泡亮起后，整个院落一下子就亮堂了，还增添了不少文艺气息，这很符合文鼎一向的喜好，如果从远处张望，倒像是黑黝黝的海面上有一艘渔船正亮着白炽灯去照成群结队的尼仔鱼。

“文鼎，”戴清弢仍倚着栅栏，晚风吹着他的头发，“你真打算在这儿过一辈子？”

“老师，干吗问这个？”文鼎朝戴清弢走过来，“我能打算的事情本来就不多啊。”

“说实话，我以前对你很不理解。现在，”戴清弢停顿一下，“还真有点羡慕你。”

“老师什么时候结婚？”

“年底吧……”戴清弢以一种游离的语气，突然压低声音，“你觉得她怎么样？”

“你知道我会怎么回答，干吗还问呢。”文鼎和戴清弢并排靠着栅栏，“我的意思是，以后老师就不用来了，我现在挺好的，生活没问题，我还存了点钱，当然没什么意义，又用不着。我给你们包个红包吧，老师你不要拒绝，你拒绝我可就不高兴了。”

“不用。”戴清弢摆摆手，“这地方我还是挺喜欢来的，不仅是为了你。”

“老师这么说，我就有点伤心了。”文鼎笑着，“你知道我为什么喜欢这里吗？”

“环境好？安静？能治愈你的失眠症？”

“都不是。”文鼎摇摇头，“是因为这里没有文明，或者说，文明得还不全面。”

戴清弢点点头，说道：“我明白你的意思，不过，这儿很快也会被文明统治了。”

文鼎苦笑道：“是的，所以，不被文明到达的地方反而越来越稀罕了啊。”

戴清弢转移话题：“最近在看什么书？”

文鼎点了一根烟吸上了，他说：“最近又看了一遍太宰治的《人间失格》。”他抬头看了一眼戴清弢，眼里突然闪现出学生时才有的羞涩。上学那阵，文鼎就偷偷在课桌下看《人间失格》，被戴清弢抓到好几次，书都差点儿被收缴了。有一段时间，戴清弢很反感学生看那些丧气的文学作品，太宰治最具代表性，什么“生而为人我很抱歉”，备受学生们追捧。

戴清弢没接话，他后来也看了《人间失格》，还蛮惊讶的，太宰治写得太好了，之前对他的误解有偏见的成分——他想听文鼎继续往下说。

“太宰治写他随一个叫堀木的玩伴参加了某地下秘密组织，他其实对该组织并不了解，也没有那方面的追求和信仰，那他为什么要参加呢？原因很简单，却把我惊讶到了——太宰治说，仅仅是出于对‘不合法’带给他的小小乐趣，相反那些称为合法的东西就显得更加可怕；他还说，‘我不可能坐着，死守一个没有门窗的冰冷房间，就算外面是一片不合法的大海，我也要纵身跳进去，直到游得耗尽全力，一命呜呼，对我来说，才更轻松痛快些……’你看，我都可以背出来了，我太喜欢他写的这段话了。我觉得我就是他笔下的那种‘见不得人的人’，是那些人间的悲惨的败北者、背德者。打一出生，我就是那样的人。”

“谁见不得人啊？”不知什么时候，毛颖走了过来，“粥煮好了，过去吃吧。”

他们来到院子中央，摆上桌椅，一锅热气腾腾的鱼粥被端了出来，空气中弥漫着咸鲜的味道。文鼎又去院子的角落抓了一把九层塔，往水龙头下一冲，撒在鱼粥里，九层塔的香味很浓，是草木原始的气味，潮汕人管它叫金不换，可见有多么“金贵”。

夜空中能看见星星了，岛上的夜空还真不一样，地上的灯火根本掩盖不住它们的璀璨，即便顶着一头瓜崽一样的小灯泡，星空依然直逼脑门，像是马上就要倾覆下来的巨大的被子。文鼎说，整个夏天，他就喜欢铺个草席，躺在院子里过夜，山上的地面不会吸收太阳的热气，所以到了晚上会变得十分阴凉，甚至要盖被子才能入睡，蚊虫当然也不少，不过他已经习惯了。他把手臂伸出来给戴清弢和毛颖看，黝黑得似乎还结起了一层茧，不要说蚊虫，估计玻璃都扎不进去了。

毛颖看着蛮可怜的，问道：“你有女朋友了吗？”

文鼎腼腆地笑了起来，他喝了一口粥，马上转移话题，继续说起岛上的生活。他随口唤出一个个名字，听起来都是岛上的原住民，仿佛戴清弢和毛颖都和他一样，认识他们。文鼎话锋一转，表情突然有些肃穆，他说：“很不幸的是，前不久岛上发生了海难事故，一场风暴把阿喜的渔船打翻了，连同阿喜，死了三个人，都找不到尸体，岛上人说，已经有七八年没发生过这样悲惨的事故了，因为政府有补贴，渔民们都犯不着跟以前那样，要冒着风暴去赶鱼——你们知道什么是‘赶鱼人’吗？就是趁着台风的间歇，抛锚解缆匆忙出海，赶着那会儿，经过海水啸刮，鳗鱼都离开暗礁，纷纷跃上海面徜徉，正好是捕捞它们的最佳时期。当然了，风暴也随时会把渔船打翻，翻了就没了，没有人敢在那时候出海营救，等风雨过后，别说尸骨，连渔船也不知道被刮到哪儿去了。”

“阿喜的孩子去年查出白血病，去市里治病，花了几十万元，不过最后还是没了。”

文鼎说完，好大一会儿没说话，默默地吃粥。

戴清弢的心情十分复杂，他的父亲也死于一场海难，同样寻不着尸骨。他不知道父亲是否也是文鼎所说的“赶鱼人”，死于风暴却是肯定的，行船讨海三分命，遇到风暴，或者说，直接去迎接风暴，则一分都没有。所以，戴清弢长在海边，对大海却比谁都恐惧，这恐惧绝大部分就来自父亲之死，而且是那种“死不见尸”的虚无感和荒诞感，仿佛真如母亲所坚信的那样，父亲肯定是被人营救了，过了番边、去了暹罗……

如果父亲的尸骨一直就沉寂在海底，那么这么多年了，他变成什么了？变成珊瑚礁？鱼虾、海草、浪花，还是海水深处未知的沉郁？戴清弢觉得父亲可能变成了一条鱼，就算是为他打鱼多年的罪过赎罪吧。所以说，戴清弢还挺羡慕文鼎的，他也想当个渔民，每天在大海里寻找父亲的尸骨，或者说，打捞那条叫作“父亲”的鱼。

吃完粥，毛颖抢着收拾碗筷，戴清弢和文鼎又站回栅栏边吸烟。戴清弢想找个地方小便，文鼎说厝内没洗手间，他一般都是在山林里解决的，说着便带戴清弢走出院子，朝着一条山道向下，来到一片树木深处，周围黑麻麻的，似乎有无数鸟兽在盯着他们看。他们并排站着，一起小解。

“老师，你听说过有一种心理疾病叫‘膀胱害羞症’吗？”文鼎突然问。

“旁观害羞？没听说过。”

“不瞒您说，我以前就是膀胱害羞症患者，我一直不知道那是什么病，直到进了精神病院，那儿的医生才告诉我，那叫膀胱害羞症。”

“有什么症状呢？”戴清弢很好奇。

“其实也没什么，就是只要身边有人，我就尿不出来，死活尿不出来，好像是从小学五年级开始，或六年级，我忘了，又不敢告诉任何人。不过问题也好解决，只要一个人躲起来，就能尿出来了。所以，无论是在家里，还是学校，我首先必须学会憋尿，至少有人的地方，憋不住也要憋，憋死了也要憋。每次下课，我得等同学们都离开厕所了，才一个人偷偷溜进去，把身体里的尿液逼出来，那种痛苦，哎，好几次连血水也尿出来了——我以为我就要死了。上初中后，情况就越来越严重了，不仅是小便时旁边不能有人，连说话、吃饭、写作业、看书，甚至发呆，我都不允许身边有人，只要边上有人，尤其是还盯着我看，我就会浑身不自在，严重时还会冒冷汗、打颤、痉挛和抽搐……医生说，见过膀胱害羞的，没见过像我那么害羞的……”

“你的意思是，现在好了？我刚才听见你尿了。”戴清弢盯着暗处的人影。

“是的，好了，应该是来到岛上后就好了。”文鼎转身往回走，“在此之前，我也说不准呐，因为在这里，我就一个人，一般不会有人在我身边，尤其是小便，开船出海时，更是孤独，即便站在船边撒尿，尿水哗啦啦冲进海水里，别说身边了，几十里之外都不一定有人。”

“所以你刚才故意跟过来，是要和我站一起小便。”戴清弢笑着说。

“是啊，我得验证一下我的膀胱还害不害羞。”

17

戴清弢和毛颖很晚才下山，文鼎送他们到山下，戴清弢说他们还想去海滩走会儿，让文鼎先回去休息吧，明天还要出海。文鼎和他们别过后，独自上山，山路被星光月色照得十分敞亮，像是墨绿色的山体被撒出一道海盐，文鼎独自踩着月色回到了他的院落。

戴清弢他们则继续往北面的海港走，那儿灯火通明，还有不少游客在玩耍。

路上，毛颖问戴清弢：“你这学生多大了，他有女朋友了吗？”

戴清弢说：“二十出头，至于有没有女朋友，我就不知道了。”

毛颖说：“我看他挺踏实的。”

戴清弢说：“他读书时成绩很好，本来可以考个好高中，上大学，跟其他同学那样；家境也不错，开餐馆的，独生子，在深圳有几套房产，可他说放弃就放弃了，什么都不要，跑岛上来生活，一个人，还蛮潇洒的。”

毛颖说：“我觉得吧，他就缺个女朋友，有了女朋友，就什么都正常了。”

戴清弢看着毛颖，搞不懂她什么意思，不过他突然问：“对了，你听说过旁观害羞症吗？”

毛颖想了一下，“是有印象，好像只有男孩子才有的心理障碍，怎么啦？”

“没什么，就随便问问，有些好奇，这世上还真的什么奇奇怪怪的病都有。”

“人会害羞，膀胱自然也会害羞啊。”

“膀胱？哦，我明白了，是膀胱害羞，我还以为是旁观害羞呢。”

“意思其实也差不多。”

他们走在海边的栈道上，海风清凉，不远处有男女在对唱《相思风雨中》，歌声断续而跑调。

“这样，我想跟你解释下。”戴清弢侧身拉住毛颖的手，“三年前吧，文鼎向我求助，那时他刚来这里不久，之后每年我都会来看他，包括这次，其实也是这个意思，所以要跟你道歉。说白了，这几年都是我在救济他，当然，他现在可能不需要了，不过也说不定，万一哪天，他又向我求助，我肯定拒绝不了，毕竟他曾经是我的学生。我的意思是，希望我们结婚以后，不要因为这个事情产生什么误会。”

“其实吧，你不说我也猜出来了。”毛颖顺势搂住戴清弢的胳膊，“我见到他的那一刻，就知道是怎么回事了。你离开青元中学的事，你不说，我多少也听说了，你别忘了，那时我妹妹和你还是同事呢。不过我确实很惊讶，他竟然躲在这里三年了，看样子，还不想回去。”

“人各有志，以前我也不理解，现在有些理解了。”

“我还是那句话，他就缺个女朋友。”

他们来到渔港沙滩，海鲜大排档的客人还是满座的，喝着酒，唱着歌，热闹得很。沙滩上密密麻麻的帐篷里摇曳着微弱的灯光，里头大多是情侣。戴清弢有点后悔没带上帐篷，要是能在沙滩上休息一会儿，应该也十分惬意。海风带着海岛特殊的咸涩味道，比小时候的海滨小城要浓烈一些，却也多了些山野草木的味道。

游泳的时间早就过了，海里拉起了防护网，探照灯在海面上逡巡，黑压压的海水仿佛在躲闪着灯光的追溯。戴清弢担心海里突然会有什么东西浮现，像是一种幻觉强迫症，每次靠近海，他都有既期待又恐惧的感觉，又不敢告诉任何人，像是身上的一块顽疾，隐隐作痛。

毛颖却脱了鞋子，赤着脚走在湿润的沙滩上，浅浅的脚印若隐若现。

“你还记得小嫣吗？”毛颖回头问戴清弢，“那天带你去她宿舍的小姑娘。”

“记得，当然记得。”

“你说，要是再过几年，我们把她介绍给文鼎怎么样？你觉得呢？”

戴清弢还真没想到毛颖会有这种想法，难怪她老是关心文鼎有没有女朋友。他不知道怎么回答，只是笑着，点点头。

“还有，如果我告诉你，”毛颖弯下腰抓了一把沙子，“你每月转我的五百块钱房租，我都给小嫣了，你应该不会生气吧……”

戴清弢一下子没反应过来，他还以为谎言被识破了。不过他很快就明白了，并移步靠近毛颖，海水打湿了他的皮鞋，他也没察觉。他伸手去搂毛颖的肩，两人并排站在海边——他们看见海湾对面的山头，有座灯塔正在闪着光。

后记

2017年，我写了中篇小说《珍稀之物》，那时还叫《冷血之物》，主人公是一名语文老师，叫戴清弢，也是一个有些迷惘和冷漠的“新深圳人”。小说写完后，发了家不错的刊物，虽然反响不大，却一直牵萦于心，老觉得这个叫戴清弢的人物身上还有故事，等着我继续写。那是一种既焦灼又过瘾的状态，数年过去了，我仍未动笔，而戴清弢作为一个人物形象，却一直活跃在我的视线里，时不时戳我一下，提醒我，他还在呢，他还有话要说呢……是的，仅凭《珍稀之物》不足三万字的篇幅，我只是把他的生活揭开了一道小口，小口一旦揭开，便很难愈合，甚至会越扯越大。于是，有关“戴清弢”系列的写作计划，便开始了。

2020年，我相继写了《风台赶鱼人》和《旁观害羞者》两部中篇小说。至此，才算是松了口气！我有意让三个小说的主角都叫戴清弢，实际上也就是同一个人，他来自海边小城，生活在深圳，是一名普通的中学语文教师。他性格内向，甚至有些孤僻，孜孜矻矻之余，还有点自己的小心思和羞于告人的秘密。纵观三部小说，其实已经串起了一个完整的时间线，即是，如果简单把《珍稀之物》视为“正传”，那么《风台赶鱼人》就是“前传”，而《旁观害羞者》则是“后传”。当然，从题目就可以看出来，后写的两部小说更像是同一个系列，《珍稀之物》挤在它们中间，显得有些“格格不入”。事实也是如此。结集之前，我又把《珍稀之物》重读一遍，发现有些背景和细节，跟后面两部还是有差异之处。但我没做任何修改和掩饰，依旧让它保持原有的样貌。这跟我最终把它们的结集定性为中篇小说集的出发点是一致的——三部作品，虽然叙事时间上有先后，事件也有因果关联，我却更愿意它们是彼此独立的，各自有完整的情感走向和表达意旨。

近些年，对县城题材的发掘和书写，是我的创作重点。而“戴清弢”系列的诞生，既是无心插柳之作，又和我的创作理念极为吻合。我一直在寻找这么一个人物形象，他生活在深圳这样的大城市，有着稳定的工作和圈子，同时又背负着充满“恨意”出走的县城背景，身心也几乎蜷缩在小城往事的阴影里，过着看似光明锦簇的生活，深夜却独自舔舐伤口。我有意让故事和场景在小县城和大城市之间牵扯和拉锯，这也正是大部分“新深圳人”真实的生活写照。再者，主人公作为一名中学老师，在以往类似题材的小说里，基本上是被忽略的角色，就算稍有着墨，也多是脸谱化和傀儡式的塑造。简单说，我们似乎还不太习惯把老师当作一个人那样去写，总是先入为主地先给他们扣上一顶“为人师表”的大帽子，使其在小说世界里如同捆绑了手脚，无力发挥人性之多姿与丰饶。我自然更倾向于把戴清弢当作一个人，一个普通人，只有当人性大过职业性，人物才能解放手脚，充分按照自身的性情和喜好去“行动”，因而也就有了貌似人格分裂、有些陌生化的教师形象——他带着年少丧父的暗疾，敏感而多思，当风暴来临，无论是定时炸弹一样的“问题生”，还是有“恐海”后遗症的师者，他们都得像曾经的赶鱼人，接受风暴无情的洗礼……

戴清弢作为一个还在成长中的中年人，他的背景和经历给了他异样的脾性，在面对不同的人和事时，就得做出相符的反应。人物在应对事物时的反应，承载的不但是情景的推演，还有人物本身由表入里的渗透，于是才会有精神的生成和蜕变。从《风台赶鱼人》开始，最后到《旁观害羞者》，戴清弢在“问题生”文鼎的映射下，基本上已经摆脱了犹疑和怯弱，完成了自身的精神涅槃。

我在步入社会之初，也曾当过代课老师，对老师一直怀有一份朴素的情感。这些年，有时也会进校园开讲座，甚至还在一所中学当起了驻校作家，有机会接触到老师们工作时的状态。但是，小说里的戴清弢并没有一个特定的原型，这点在写作之初，我就有充分的考虑。我尝试在无数老师的形象中，去虚构一个老师。这看似矛盾，实则不是，就像陶瓷来自泥土，但我们总不能说陶瓷就是泥土。戴清弢也一样，我的目的并非复制一个现实中的老师，而是通过细节和信息，创作出一个老师，让他既有老师的共性，更多还有作为一个人的个性，在读者眼里，这么一个人民教师的形象便多少有些陌生感和传奇性——这正是我想要的，并非叙事上的失控。当然，任何虚构都脱离不了现实，感谢身边每一位职业老师，是他们身上散发出来的专业气质，才让我对一个中学语文老师有了基本准确的捕捉和呈现。

最后，感谢深圳报业集团出版社的成全，让三个“戴清弢”在同一本书里团聚，如同一起登台演出，面对观众的审视。

陈再见

2022年2月22日

总策划/出版人：
胡洪侠
策划编辑：
郭洪义
责任编辑：
吴萌
校对：
杨杰 何杏蔚 杨铖彦
装帧设计：
周舒婷
插画：
谭泽鸿

图书在版编目（CIP）数据

珍稀之物 / 陈再见著. -- 深圳：深圳报业集团出版社, 2022.11
（深圳文典 / 陈寅主编）
ISBN 978-7-80774-024-7

Ⅰ. ①珍… Ⅱ. ①陈… Ⅲ. ①中篇小说－小说集－中国－当代 Ⅳ. ①I247.5

中国版本图书馆CIP数据核字(2022)第181847号

珍稀之物
Zhenxi zhi Wu
陈再见 / 著

深圳报业集团出版社出版发行
（深圳市福田区商报路2号 518034）
中华商务联合印刷（广东）有限公司印制
新华书店经销

开本：889mm×1230mm 1/32
字数：150千字
版次：2022年11月第1版 2022年11月第1次印刷
印张：6.5
ISBN 978-7-80774-024-7
定价：58.00元